어제의 후에

이계의 후예 5

글쓰는기계 장편소설

초판 1쇄 찍은 날 | 2017년 5월 24일
초판 1쇄 펴낸 날 | 2017년 5월 31일

지은이 | 글쓰는기계
펴낸이 | 예경원

기획 | 위시북스
편집책임 | 박우진
편집 | 이즈플러스

펴낸곳 | 예원북스
등록번호 | 제396-2012-000132호
등록일자 | 2012. 7. 25
KFN | 제1-107호

주소 | 경기도 고양시 일산동구 호수로 646-24 위너스21 II 빌딩 206A호 (우)10401
전화 | 031-819-9431 팩스 | 031-817-9432
E-mail | yewonbooks@naver.com

ISBN 979-11-6098-252-7 04810
979-11-6098-087-5 (set)

※ 이 도서의 국립중앙도서관 출판시도서목록(CIP)은 서지정보유통지원시스템 홈페이지(http://seoji.nl.go.kr)와 국가자료공동목록시스템(http://www.nl.go.kr/kolisnet)에서 이용하실 수 있습니다.

WISHBOOKS MODERN FANTASY STORY
글쓰는기계 장편소설
이계의 후예
5
Wish Books

이계의 후예

CONTENTS

28장
귀환(2)

넓은 부지를 사용하고 최신식 시설과 장비를 갖고 있다고 해서 사기꾼이 아닌 것은 아니었다.

사기도 만만한 게 아니었다. 그럴듯하게 사기를 치려면 이 정도는 해줘야 했다. 하물며 초능력자들 상대로 사기를 치는 것인데…….

"원장님 어디 계십니까?"

"안쪽 방에 계세요. 불러드릴까요?"

접수처에 앉아 있는 직원은 이미 강인규의 얼굴을 알고 있는지 그다지 놀라지 않았다.

"그보다 옆의 분들은?"

"아, 제 팀……."

수현은 강인규의 뒤꿈치를 강하게 찼다.

"억!"

"어제 술 먹은 게 아직도 안 깼냐? 어이구……."

수현은 강인규를 부축해 주는 척하면서 귓가에 대고 속삭였다.

"팀장이라고 하지 마."

"예?"

"경계하게 할 셈이야? 동료들이라고 해. 초능력 강화에 흥미가 있는."

"아, 예."

강인규는 어색하게 웃으면서 말했다.

"팀 동료들입니다. 제가 받는 훈련에 관심이 있어서 데리고 왔습니다."

"어머. 원장님이 좋아하시겠네요. 연락 드렸어요. 들어와도 괜찮으시다네요."

"그러면 가자고. 강해지고 싶어서 죽겠거든."

수현의 말이 전혀 농담처럼 들리지 않았다. 강인규는 살얼음판을 걷는 기분으로 위로 올라갔다.

"강인규입니다. 들어가도 괜찮습니까?"

"아. 강인규 씨. 들어오시죠!"

문이 자동으로 열렸다. 사기꾼의 방치고는 꽤나 간소한 편이었다. 바깥의 넓은 부지를 한눈에 볼 수 있는 정면의 창을 제외한다면 그다지 눈에 들어오는 것도 없었다.

"……!"

갈잖은 사기꾼의 얼굴을 기대하고 들어왔던 수현은 머리를 뒤통수로 얻어맞은 충격을 느꼈다.

'김종태 이 개새끼가 여기서 뭐하는 거야?!'

김종태. 그는 강력한 초능력자도, 뛰어난 전투원도 아니었다. 그는 상인이었다.

상인 중에서 돈을 싫어하는 사람은 없었지만, 그는 그 정도가 심했다. 마치 돈에 영혼이라도 판 것 같은 남자였다. 돈을 준다면 그 누구와도 거래를 했다.

한국이든 중국이든 러시아든, 합법적인 거래든 불법적인 거래든 가리지 않고 모두. 수현이 마지막으로 들은 김종태의 근황은 추적을 피해 필사적으로 도망쳤단 소식이었다.

그가 한국 측의 아티팩트를 빼돌려 중국 측에 팔아넘겼다는 사실과 중국 측에 기밀 정보 몇 개를 팔아넘겼다는 사실들이 결국 발각되었던 것이다.

그가 팔아넘긴 정보 덕분에 팀 두 개가 박살이 났다고 들었다. 만약 수현의 팀이었다면 수현이 직접 그를 찾아가 사지를 찢어놨을 것이다.

그런데 여기서 이러고 있다니.

"밑에서 들었습니다. 같이 일하는 동료분이시라고요?"
"예. 팀장입니다."
"……?"
강인규는 수현을 이해가 가지 않는다는 듯이 쳐다보았다.
'김종태라면 끝나고 나서 확인하겠지.'
하는 짓이 하는 짓이다 보니 놈은 상당히 조심스러웠다. 조금만 조사해도 바로 발각이 될 거짓말은 피해야 했다.
"동료라고 들었는데……?"
"그것도 같이 일하는 동료죠. 저는 팀장이라고 위아래 뚜렷하게 가르는 사람이 아니라서요."
"그렇습니까? 강인규 씨는 좋은 팀장을 두셨군요."
"하하하……."
수현이 좋은 팀장이라는 것에는 강인규도 동의했지만 지금 수현이 하는 말은 전혀 사실이 아니었다. 수현은 김종태의 표정을 유심하게 살폈다.
사기꾼이라고는 전혀 생각되지 않을 지적이고 선량한 얼굴이었지만, 그 눈빛에는 숨길 수 없는 희미한 경계심이 보였다.
'경계하고 있군.'
강인규 상대로 작업을 해놨는데 갑자기 그의 팀장이 왔다니 놀랄 법도 했다. 상인답게 감정을 숨기는 데 능숙했지만 수현은 그의 속마음을 눈치챘다.

"그래서 무슨 일로 오셨습니까? 여러분들도 훈련을 받고 싶으신가요?"

"그럴 수만 있다면야 그러고 싶군요. 그렇지만 저희도 이제 곧 다음 일에 들어가야 해서 말입니다."

"그건 아쉽네요."

"그런데 제가 강인규 대원한테 들은 건 조금 다른 소리였는데요."

"무슨?"

"초능력자의 능력을 단기간에 강화시키는 약이 있다고……."

"아. 오해를 하신 것 같군요."

'이 새끼 봐라?'

김종태는 한 걸음 뒤로 물러섰다. 새로 나타난 수현을 보고 경계심을 품은 게 분명했다.

'이 자식이 내 신분을 찾으면 일이 귀찮아지는데…….'

강인규야 만만해 보이는 호구 초능력자였지만 수현까지 올라간다면 숨기려고 해도 숨길 수가 없었다. 사기꾼도 나름 상대를 가렸다. 잘못 시도했다가 목숨이 날아갈 수 있는 상대한테 사기를 치는 사람은 드물었다.

위험한 낌새를 알아차리면 김종태는 바로 발을 뺄 것이다.

'도망치면 어쩔 수 없나.'

수현은 마음의 결정을 내렸다. 김종태가 도망친다면 어쩔 수 없는 것으로. 어차피 사기꾼을 응징하려는 가벼운 마음으로 온 자리였다. 유익한 결실을 얻을 수 있으면 좋고, 그렇지 않더라도 상관없었다.

"초능력을 단기간에 강화시킬 수 있는 방법은 없습니다. 모든 일이 그렇듯, 초능력에는 편법이 통하지 않죠. 있는 방법은 정도(正道)뿐입니다."

수현 앞에서 초능력 강의를 하는 것은 어이없는 짓이었지만, 태도만 본다면 그럴듯했다. 괜히 초능력자들이 여기서 돈을 내고 구르는 게 아니었다.

"그러면 초능력 강화제란 건 없습니까?"

"아니, 아니……. 없는 건 아닙니다. 있습니다. 다만 그 효과를 수현 씨가 오해하신 게 아닌가 싶어서요. 초능력 강화제는 도핑처럼 단기간에 능력을 늘려주는 게 아닙니다. 단지, 노력을 하는 사람이 더 쉽게 올라갈 수 있도록 도와주는 거죠."

루이릴은 흥미 있다는 표정으로 듣고 있었지만, 수현에게는 개소리로밖에 들리지 않았다.

"초능력이 이렇게 잔에 가득 채워진 물이라고 했을 때, 강화제는 그 위에 한 방울을 떨어뜨리는 거라고 볼 수 있죠. 즉

각적인 효과는 없더라도 누군가에게는 분명 효과가 있을 겁니다."

"그 정도라도 좋습니다."

"……!"

"사고 싶습니다. 얼마입니까?"

"가격은 조금 비싼데, 그보다 지금 물량이 없네요. 죄송합니다. 저희도 여기 있는 초능력자들 숫자가 상당해서……. 들어오는 대로 연락을 드리겠습니다."

"그렇습니까?"

수현은 그 말을 믿지 않았다. 분명 이건 시간을 끌어서 수현의 의도를 파악하기 위한 수작이었다.

'조금 더 절박하게.'

수현은 진지한 목소리로 말했다.

"이런 부탁을 드리기는 죄송하지만, 물량이 들어오면 바로 저한테 먼저 연락을 주셨으면 좋겠습니다. 저희는 지금 그 약이 꼭 필요해서요."

"그래요? 이유를 물어봐도 되나요?"

"드래곤 슬레이어 프로젝트 때문에 공백이 생겼잖습니까. 이런 기회는 다시 오지 않을 겁니다. 저희 팀의 초능력자들을 단기간에 강하게 할 수 있다면 뭐든지 좋습니다."

"……."

김종태는 수현의 말이 진심인지 파악하려는 듯이 눈을 가늘게 떴다.

"꼭 부탁드리겠습니다."

"알겠습니다. 노력해 보겠습니다."

"그리고 저도 하나 물어보고 싶은데……."

"예?"

"그 약이 정말로 효과가 있는지 알아보고 싶은데요."

절박한 사람은 절박한 와중에도 진위에 집착해야 했다. 수현은 그 강화제가 가짜인지 진짜인지 조금도 관심이 없었지만, 수상하게 보이지 않으려면 집착하는 척은 해둬야 했다.

"혹시 관련 자료라도 있습니까?"

수현은 김종태가 살짝 불쾌한 태도로 없다고 말하는 걸 기대했다. 그러나 김종태는 빙긋 웃으면서 대답했다.

"그거야 어렵지 않죠."

버튼 하나에 벽이 스크린으로 변했다. 나온 영상은 초능력자의 훈련 영상이었다. 우측 구석에는 날짜와 시간이 기록되어 있었다.

'에너지 계열.'

에너지 볼트라고 불리는, 원형 광선을 쏘아 보내는 흔한 초능력이었다.

"……!"

수현의 눈동자가 살짝 흔들렸다. 김종태의 말은 거짓말이 아니었다. 영상에 나온 초능력자의 초능력이 정말로 강화된 것이다!

'합성은 아니다.'

그걸 못 알아볼 리 없었다.

"몇 개 더 보여드릴까요?"

"아뇨. 이걸로 충분합니다. 보여주셔서 감사합니다."

"네. 저도 들어오는 대로 연락을 드리겠습니다."

밖으로 나오면서, 수현은 혀를 찼다.

"개발계획국과의 관계가 공표되지 않아서 그나마 다행인가."

엉클 조 컴퍼니가 갑작스럽게 확장하기는 했지만 그래도 표면적으로 봤을 때는 전력이 많이 부족한 팀이었다. 주도면밀하게 파고들지 않는다면 정부와의 관계는 찾아내지 못할 수 있었다.

"방금 대화는 무슨 의미였어? 그리고 그 강화제. 진짜야?"

루이릴은 확실히 인간 사회에 많이 녹아든 엘프였다. 어떤 사건을 대하는 태도를 보면 그 티가 났다.

"진짜일 리 없어. 그런 강화제가 나왔다면 저기서 저러고 있을 이유가 없지. 어느 곳이든 모셔 가려고 할 거다."

"하지만 영상에서는 진짜로 효과가 있었잖아?"

"그래. 효과는 있는 게 분명해."

김종태는 그 초능력자 말고도 다른 초능력자들의 영상을 확보해 설득력 있는 자료로 쓰고 있는 것 같았다.

"……?"

"부작용이 있겠지."

다른 곳에서 상용화할 수 없을 정도의 부작용. 그게 아니라면 설명이 되지 않았다.

"무슨 부작용?"

"그건 이제 네가 알아와야지."

"……."

루이릴은 속으로 수현을 저주하며 상자를 들고 나왔다. 그녀에게 있어서 이런 시설의 물건을 터는 건 아이의 손목을 비트는 것만큼이나 쉬웠다.

'그나저나 이 인간, 독은 언제쯤 풀어주는 거야?'

수현과 독지에서 같이 움직이면서 그녀도 나름 수현이란 인간을 파악한 상태였다. 그는 확실히 흥미가 가는 존재긴 했다.

다른 인간들에게서 보기 힘든 자질의 집합체. 게다가 무엇을 노리고 있는지 읽을 수가 없어 옆에 있으면 심심할 일은 없겠다 싶었다. 게다가 에이다나 에단을 대하는 걸 보면 심성이 아주 악독한 것도 아니라는 점도 마음에 들었다.

독을 해독해 준다고 하더라도 다른 흥미가 가는 일이 생기기 전까지는 같이 일해줄 수 있었다. 부탁한다면 말이다.

그리고 이제까지 고생한 걸 생각했으면 독은 해독해 줘도 되지 않는가?

물론 수현은 귓등으로도 듣지 않았지만.

'내가 널 어떻게 믿어?'

"갖고 왔어."

"고생 많았어. 쉬라고."

"내가 갖고 나온 걸 내가 못 본다고? 그럴 수는 없지."

"그러면 옆에 있든가."

수현은 밀봉된 상자를 열고 안에 든 물건들을 꺼냈다. 찰랑대는 액체가 담긴 병들과 주사기가 나타났다.

"날이 밝는 대로 성분 분석 맡겨야겠군."

"마약인데요?"

"예?"

"설명하자면 복잡하지만……."

수현은 손을 뻗었다. 복잡한 화학식에 대한 강의를 들을 생각은 없었다.

"간단하게 설명해 주시죠."

"……간단하게 말하자면 중독성이 심한 마약입니다. 몇 개를 섞은 것 같은데……. 분석 안 되는 것도 있는 걸 보니 카메론 행성이 원산지인 것도 들어간 거 같아요."

카메론 행성에서 나온 것들은 아직도 분석되지 않은 것들이 많았다.

"감사합니다. 아, 그리고 이건 기록에 남기지 말아주셨으면……."

"알겠습니다."

수현이 부탁하는데 거절할 정도로 간 큰 연구원이 있을 리 없었다. 수현은 걸어 나오면서 생각에 잠겼다.

'이 자식이……?'

오히려 김종태스러웠다. 그래. 그가 그런 식으로 시설을 차려놓고 싸구려 약장사나 했다면 오히려 믿기지 않았을 것이다.

'초능력자를 마약 중독자로 만들어서 얻을 수 있는 이익은?'

무한대에 가까웠다.

초능력자는 돈 벌리는 나무였고, 거기에 빨대를 꽂을 수만 있다면 그보다 더 좋은 사업은 없었다.

아직 직업을 갖지 못한 초능력자들을 모으고 그중에서 가능성이 있어 보이는 이들을 천천히 중독시킨다. 일단 중독만 되면 그다음부터는 땅 짚고 헤엄치기였다.

마약에 중독된 사람은 마약을 구하기 위해서라면 돈을 물 쓰듯이 쓸 테니까.

다른 사람들이 들었다면 치를 떨 정도로 악독한 계획이었지만, 수현은 담담했다. 이런 거에 놀랄 정도는 이미 지났다. 그는 알아낸 사실을 어떻게 활용할지 고민하고 있었다.

'웅덩이 물을 흐리는 미꾸라지는 역시 다른 곳으로 보내야지.'

가벼운 휘파람 소리와 함께, 김종태는 옷을 갈아입고 있었다. 원래라면 머리부터 발끝까지 사치스럽게 차려입는 게 그의 취향이었지만, 이 센터를 차리고서는 최대한 검소하게 입고 있었다. 초능력자들의 신뢰를 사기 위해서였다.

"오늘은…… 어떤 놈들을……."

넥타이를 매고, 김종태는 어느 누구를 설득할지 고민했다.

'그러고 보니 강인규 뒷조사도 해야 하는데.'

말하는 걸 들어보니 괜찮은 고객이 될 것 같기는 했다. 드래곤 슬레이어 프로젝트로 인한 기회를 잡으려고 혈안이 된 용병 팀. 그렇지만 언제나 돌다리도 두드려보고 건너야 했다.

"헉!"

무언가 그를 습격했다. 시야가 어두워짐과 함께 그는 몸이 뻣뻣하게 굳는 것을 느꼈다.

다시 눈을 떴을 때, 그는 창문 하나 없는 지하실에 와있었다.

"잘 잤나?"

"당, 당신은……!"

수현의 얼굴을 알아본 김종태의 눈동자가 정신없이 흔들렸다. 어떻게 대처해야 할지, 수십 가지 생각이 빠르게 머릿속을 스치고 지나갔다.

"이러지 마십시오!"

"연기 잘하는군."

"무슨 소리를 하는 겁니까!"

"알겠어. 네가 죄 없다는 걸 알려주고 싶어 하는 건 잘 알겠는데. 내 말 좀 듣고 연기해."

김종태는 그의 연기가 전혀 먹히지 않는 수현의 태도에 뱃속 깊숙이 긴장했다. 이런 놈을 상대하는 건 위험했다.

'빌어먹을. 어쩐지 뭔가 느낌이 이상하다 했는데…….'

괜히 간을 보지 말고 그냥 시치미를 뗐어야 했다.

'경호원 새끼들은 어디 간 거야?'

하는 일이 하는 일이다 보니 그는 혼자 다니는 경우가 드물었다. 언제나 최소한 두 명의 초능력자 경호원을 데리고 다녔다. 그의 방 앞에도 분명 둘을 배치해 뒀었는데…….

"이거 보이냐?"

"네?"

수현은 손가락을 들어서 김종태 앞에서 흔들었다. 그는 수현이 무슨 소리를 하는지 이해하지 못해서 되물었다.

"잘 봐. 이게 앞으로 네 생명을 좌우하게 될 테니까."

"뭔……."

딱!

수현이 손가락을 튕기자, 김종태의 가슴팍에서 혈관을 찢는 듯한 강렬한 통증이 느껴졌다. 어찌나 격렬하고 갑작스러웠는지 그는 비명도 지르지 못했다.

"헉, 허억, 헉!"

"이해했나?"

"……."

"못 했나 보군."

"아니, 했……!"

수현은 대답도 기다리지 않고 다시 손가락을 튕겼다. 김종태의 몸속에 극독을 넣어놨지만 안심할 수는 없었다. 김종태는 독사 같은 놈이었다. 이런 놈은 일단 고분고분해질 때까지 기세를 꺾어놔야 했다.

"했…… 습니다. 대체 제가 뭘 잘못했다고 이러시는 겁니까!"

"연기는 나중에 하라니까. 내 말부터 듣고. 지금 네 몸에 들어간 건 칵테일 독이다. 세 개의 신경독과 네 개의 혈관독을 섞고 하나의 초능력 독으로 마무리를 지었지."

수현의 말을 들은 김종태는 그제야 수현이 독의 전문가라는 걸 알 수 있었다. 게다가 초능력 독이라니. 거짓말이 아니라면 단순히 뛰어난 칵테일 실력만을 갖고 있는 게 아니라 독에 관련된 초능력도 갖고 있는 게 분명했다.

"지금도 네 몸속에서 그걸 감싸고 있는 막이 천천히 녹아내리고 있을 거야. 내가 마음만 먹으면 그걸 바로 녹여 버릴 수도 있고. 머릿속이 복잡한 것 같으니 간단하게 설명해 주지. 네 목숨은 내가 갖고 있다. 3개월마다 작용을 늦추는 약을 줄 테니, 살고 싶으면 내게 복종해라."

“무, 무슨 말인지 모르겠습니다. 초능력 강화제 때문에 그러시는 겁니까? 다 가져가십시오. 목숨만 살려주세요!”

김종태의 연기는 정말로 그럴듯했다. 루이릴은 그걸 보면서 속으로 감탄했다. 만약 수현이 미리 말한 게 아니었다면 그녀도 속아 넘어갔을 것 같았다.

“독은 녹는 순간 전신으로 퍼지게 된다. 그렇게 되면 누구도 네 목숨을 구할 수 없을 거야. 치유 능력자? 혈액이 독으로 범벅됐는데 가능할 리가. 혹시나 수술로 독을 해독할 생각은 하지도 말라고. 민감한 놈이라 외부에서 닿는 순간 녹아버릴 테고, 해독은 더더욱 불가능할 테니까.”

수현이 독공이 없던 시절에 제조한 독도 해독하는 이들이 없었는데, 독공으로 초능력 독을 만들어내는 상황에서 해독하는 이들이 있을 리 없었다.

수현은 김종태가 어떤 연기를 하든 간에 자기 할 말만 했다. 김종태는 초조함을 느꼈지만 먼저 나서지는 않았다.

끝까지 버텨야 했다.

“살려주십시오. 제발 목숨만 살려주세요! 저는 여기서 죽으면 안 된단 말입니다. 저를 기다리는 가족이 있어요!”

“현지처 세 명하고 혼외정사로 낳은 자식 둘? 아. 지금은 하나인가.”

“!!!!!”

김종태는 싸늘한 감각이 등을 스치고 지나가는 것을 느꼈다. 이 자식은 그냥 초능력 강화제가 욕심이 나서 그를 습격한 게 아니었다. 그를 주도면밀하게 조사하고 찾아온 것이다.

"네 구질구질한 가족한테는 관심이 없어요. 일 생기면 가족도 버리고 혼자 튀는 놈이 가족은 무슨."

가족은 김종태의 연막일 뿐이었다. 일이 생기면 김종태는 얼마든지 비겁해질 수 있었다. 실제로 그가 도망칠 때도 가족을 버림 패로 썼었다.

"내 말 다 이해했으면서 못 알아듣는 척하지 마라. 초능력 강화제 때문에 그러는 거냐고? 비슷하긴 해. 이건 어디서 구했지?"

"예? 예으어어억!"

"내 질문에 질문으로 답하지 마라."

수현은 망설이지 않고 손가락을 튕겼다.

"암, 암시장에서 구했습니다."

암시장 상인인 비요른이 수현이 뛰어난 전문가라는 걸 알고 관심을 보였듯이, 암시장에서는 온갖 물건들이 나오고 만들어졌다. 무허가 약물도 그중 하나였다.

김종태는 한 엘프 약물 딜러한테서 부족의 비술이라고 불리는 비약 제조법을 입수했다.

중독성이 강하고 부작용이 심하지만 일단은 사람의 잠력을 폭발시켜 일시적으로 능력을 강하게 만들어주는 효과는 있었다.

다른 사람이었다면 쓸모없다고 생각하고 버렸을 테지만 김종태는 바로 이걸 활용 가능한 방법을 찾아냈다. 합법이든 불법이든 그건 상관이 없었다.

"이미 확인을 해봤지. 중독성이 꽤나 강하더군. 멋모르고 맞았다가는 인생 망치기 딱 좋을 정도로."

"예?"

"예라고 하지 말라니깐. 한 대 맞고 시작할까?"

수현은 주사기를 들어 김종태의 팔에 가져다 댔다. 그걸 본 김종태의 얼굴이 사색이 됐다. 뛰어난 마약 상인은 절대로 마약을 하지 않았다. 자신이 팔아야 할 물건들을 모두 써버릴 테니까.

"알고 있었군?"

"……!"

수현과 눈이 마주친 김종태는 이를 악물었다. 어떻게든 버텼어야 했는데……!

"네 목숨 살려주는 건 쉽지만, 그것도 네가 고분고분하게 굴고 쓸모가 있을 때지. 나는 내 앞에서 건방지게 시치미 떼는 놈을 살려둘 생각이 없어. 5초 안에 내가 널 살려주도록 설득해봐. 못 하면 천국을 보여주지."

주사기를 팔에 가까이 대고 하니 그만큼 무서운 협박도 없었다. 김종태는 결국 사실을 토해냈다.

전부 다 들은 수현은 웃으면서 그의 뺨을 툭툭 쳤다.

"좋아. 이제 좀 만족스러워졌군."

"이제 어쩔 거냐?"

퍽!

"커헉!"

"본색 드러냈다고 네가 기어올라도 되는 건 아니지."

"이, 이제 어쩔 겁니까?"

김종태의 머릿속에 문득 카메론의 지하감옥이 떠올랐다.

"걱정 마. 나는 관대하거든. 정부한테 넘기지는 않을 거다."

"그러면……?"

"네 재능을 살릴 수 있는 곳으로 보내주지."

"……?"

"베이징으로 가라. 그리고 여기 리스트에 있는 놈들에게 접촉해."

"……??"

"3개월마다 와서 진행 상황을 보고하도록. 보고하고 싶지 않으면 상관없지만 죽는 건 너니까 착실하게 하는 게 좋을 거야."

"접촉해서 뭘 하라는 겁니까?"

"뭐긴 뭐겠어. 여기서 하던 짓이지."

"……!"

김종태는 질린 표정을 지었다. 중국이 치안을 맡고 있는 도시에 가서 마약을 공급하라니. 이건 목숨이 몇 개 있어도 부족한 일이었다. 한국이나 미국에서는 재판과 징역으로 끝날 일이 중국에서는 사형으로 끝이 나는 경우도 종종 있었던 것이다.

"무립니다!"

"무리여도 괜찮아. 그냥 죽으면 된다."

'이런 개새끼가?!'

김종태는 나름 스스로의 사악함에 자부심을 갖고 있었다. 그건 스스로의 수완과 결합한 자부심이었다. 그러나 그보다 더 막 나가는 놈을 만나리라고는 상상치도 못했다.

"엄살떨지 마라. 네 재산과 네 수완. 충분히 할 수 있어. 어떻게 해서든지 베이징에 들어가서 자리를 잡아. 그리고 여기 있는 놈들에게 접촉해서 약에 중독시켜."

국가 주도로 카메론 사업을 진행하는 중국이었지만 모든 초능력자가 정부의 명령에 절대복종하는 건 아니었다. 일반 신분을 갖고 있다가 일이 생기면 어둠 속에서 몰래 움직이는 초능력자들이 따로 있었다.

"살면서 애국 한 번 해본 적 없지? 세금도 안 냈을 테고.

이제 애국 좀 해야지. 살고 싶으면 열심히 해봐. 여기 리스트에 있는 놈들 작업 다 끝내면 살려준다."

"……나는 대우가 좋은 편이었네."

"뭐? 아. 저놈하고 넌 종부터가 달라."

"엘프와 인간이라는 뜻이야?"

"아니, 저놈이 훨씬 더 독종이라는 거지. 아티팩트 빼돌리려고 하면서 살인 하나 못 하는 엘프하고 마약 뿌려서 돈 벌려는 인간하고 같은 취급을 할 수가 있나."

그 말을 들은 루이릴은 미묘한 표정을 지었다. 처음 만났을 때 비정한 모습을 보였다면 그녀도 저런 취급을 당할 수 있었다는 것 아닌가.

"잠깐. 그러면 나는 해독을 해줘도 괜찮……."

"네가 저놈보다 착하다고 해서 믿을 수 있다는 건 아니고."

"……."

수현은 김종태에게서 얻어낸 강화제 샘플을 손가락 사이에서 빙글 돌리며 생각에 잠겼다. 일단 김종태는 최소한 1년 정도는 충실하게 일할 것이다. 뒤에서 어떻게든 해독을 하려고 하겠지만, 그것도 1년 정도는 시간을 들여야 했다.

'사람 말을 안 믿는 놈한테는 벌이 있을 것이니…….'

수현은 분명히 사실을 말해줬다. 그의 독은 해독이 불가능하고, 괜한 수술을 시도했다가는 독이 전신에 퍼질 거라고. 그러나 김종태가 그걸 믿을지는 의문이었다. 1년 정도는 겁이 나서 허튼짓을 못 하겠지만 그 이후로는 어떻게든 독을 없애기 위해 움직일 것이다.

초능력 강화제에는 특수한 독을 미량으로 섞어 놓았다. 전장에서 만나게 된다면 중독된 사람을 알아볼 수 있을 것이다. 수현은 김종태가 수작을 부리다가 스스로 죽기 전에 최대한 많은 놈에게 강화제를 뿌리기를 기도했다.

"손님이 오셨습니다."

"누구? 개발계획국? 사장님은 어디 가셨나?"

"아뇨. 블루베어에서 왔다고……."

"……?"

수현은 의외의 이름에 의아하다는 표정을 지었다. 블루베어. 카크리타 계곡에서 만난 적이 있는 미국계 용병 회사였다.

"안으로 들어오라고 해."

'무슨 일이지?'

지금은 서로가 바쁜 시기였다. 피해가 없는 회사는 새롭게 영역을 확장하는 것으로, 피해가 있는 회사는 피해를 복구하는 것으로.

엉클 조 컴퍼니도 마찬가지로 바빴다. 새로 들어올 오크들을 훈련시켜서 써먹을 수 있도록 만들어야 했다.

"잘 지냈나!"

로버트는 여전히 곰 같은 풍채였다. 수현은 안으로 들어온 그의 얼굴을 유심히 살폈다. 그늘이 느껴지지 않았다.

'블루베어는 피해를 피했나?'

모든 이들이 가서 피해를 본 건 아니었다. 참가를 했어도 운 좋게 피해를 피한 이들도 있었고, 참가하지 않은 이들도 있었다.

"괜찮게 지냈습니다."

"포슈칸에서 실종됐다는 건 들었네. 고생이 많았겠군."

"……?"

수현은 눈썹을 찌푸렸다. 그가 실종되었다는 사실은 딱히 숨겨야 할 비밀은 아니었지만, 그렇다고 해서 아무나 알고 있을 사실은 아니었다.

"내가 실례되는 말을 한 건가?"

수현의 표정을 본 로버트가 한결 조심스러워진 태도로 물었다.

"실례되는 말은 아닌데, 어디서 들으셨습니까?"

"아. 그건가. 내가 따로 사람을 풀었었네. 드래곤 슬레이어 프로젝트 때문에 고민이 많았거든."

각국의 정부가 참가했다는 것만을 믿고 참가한 이들도 많았지만, 그 와중에 냉정하게 위험을 계산한 이들도 있었다. 블루베어도 그중 하나였다. 카크리타 계곡에서의 실패가 그들에게는 약이 된 셈이었다.

참가하더라도 피해가 크다면 새로운 도시에 진출할 권리를 얻더라도 의미가 없었다. 새로운 도시라고 하면 그럴듯하게 들렸지만 로버트는 딱히 흥미가 없었다. 이미 그들은 신도시의 생성으로 흔들릴 위치가 아니었던 것이다.

그래서 회의를 하고 의견을 나누었다. 그러던 도중 수현의 생각이 났다. 흔히 찾아볼 수 없는 판단력을 보여주던 젊은 걸물.

엉클 조 컴퍼니는 참가할까, 참가하지 않을까?

사람을 보낸 로버트는 놀라운 사실을 알게 되었다. 포슈칸에서 수현이 실종되었고, 그 때문에 엉클 조 컴퍼니의 모든 일정이 정지되었다는 것이었다.

물론 수현의 원맨팀이었으니 정지된 건 놀랍지 않았다. 수현이 실종된 것도 불가능한 일은 아니었다. 아무리 대단한 사람이라도 카메론에서는 죽을 수 있었다.

그러나 로버트는 그 일련의 사건에서 무언가 그의 감을 자극하는 냄새를 맡았다.

–드래곤 슬레이어 프로젝트에는 참가하지 않는다!

사장이 그렇게 결정을 내리니 밑은 더 이상 왈가왈부하지 않고 따랐지만, 그가 결정을 내린 이유를 알았다면 기겁을 했을 것이다.

"남이 겪은 사고로 판단을 내리다니. 너무한 거 아닙니까?"

"하하. 미안하게 됐네. 어쨌든 덕분에 위험을 피할 수 있었어. 너무 급하게 진행한다 했지만, 그 정도로 박살이 날 줄은……."

"아직은 인류가 잡을 수 없는 몬스터라는 거겠죠."

"자기 영역에서 안 나와서 다행이지."

로버트는 어깨를 으쓱거리며 말했다. 몬스터들이 영역 바깥으로 능동적으로 움직이는 놈들이었다면 인류의 개척은 몇십 년이나 느려졌을 것이다.

"그래서 오늘 온 건 그것 때문입니까? 덕분에 피해 안 봐서 고맙다고?"

"아, 그건 아닐세. 오늘 온 건 제안이 있어서야."

29장
거물의 요구

"얘기해 보시죠."

수현은 의자에 등을 기대고 자세를 편하게 잡았다. 블루베어 측 제안에 전혀 관심을 보이지 않고 있다는 뜻이었다.

"에우터프 지역의 산악 지대에 새로 길이 열렸다는 건 당연히 알고 있겠지?"

"그 암석 거인을 잡은 게 저희잖습니까. 공략법부터 시작해서 세세하게 보고서까지 만들어서 정보를 돌렸는데요."

"그래. 그렇지."

로버트는 빙그레 웃었다.

"덕분에 다들 신나게 달려들었지. 드래곤 슬레이어 프로젝트 때문에 잠깐 식은 느낌이 있었지만, 그곳은 여전히 매력적인 곳이야.”

“에우터프가 괜히 인기가 많은 게 아니죠. 젖과 꿀이 흐르는 곳이니……. 그보다 변죽은 그만 올리고 본론부터 말하시면 안 됩니까?”

“사람 참 급하기는. 아. 담배 좀 피워도 되나?”

“안 됩니다. 나가서 피우고 오시죠.”

“……우리 회사에서는 전략적으로 이종족들과 친하게 지내려고 노력하고 있네.”

“저희도 그럽니다.”

“그래?”

로버트는 의아하다는 듯이 되물었다. 미국에는 전략적으로 이종족들과 친밀하게 지내는 곳이 몇 군데 있었지만, 한국의 용병 회사 중에서 그런 곳이 있다고는 들어본 적 없었다. 기껏해야 고용이나 거래 정도로 끝내는 게 전부였다.

“저희 팀 보면 오크에 엘프에 다크 엘프까지……. 이러다가 드워프까지 들어올지도 모르겠네요.”

“오오…….”

의도한 것은 아니었지만 이미 수현을 고평가하고 있는 로버트의 눈에 수현의 팀 구성은 말 그대로 이종족 친화를 염두에 두고 한 것으로 보였다.

‘대단한 놈!’

로버트는 앞으로 카메론을 주도하게 될 것 중 하나가 이종족과의 친화라고 생각했다. 실제로 이번 드래곤 슬레이어 프로젝트에서 나온 반대 의견 중 하나는 그들이 알고 지내던 이종족들이 낸 의견이었다.

"드래곤은 잡을 수 있는 게 아닙니다."

대부분은 이종족들의 의견을 전통에만 얽매인 뒤처진 의견이라고 무시했지만 그는 달랐다.

문제는 이종족과 친하게 지내고 싶어도 이게 쉬운 일이 아니라는 점에 있었다. 이종족들도 생각이 있고 경계심이 있으니 섣불리 접근했다가는 오해를 사기 쉬웠고, 거기에 용병으로 일하는 인간들은 이종족들을 그다지 신뢰하지 않았다.

수현처럼 팀에 잘못 넣었다가는 팀 화합이 망가지기 십상이었다.

"블루베어 측 이종족이면……. 아. 그 드워프였나요. 무자크였나."

"그래. 무자크 울스타인. 그 친구뿐만 아니라 그 친구가 있는 마을을 대상으로 전폭적인 투자를 하고 있지. 시설부터 시작해서 유학까지. 지금 드워프 유학생이 미국에 있는 대학교에서 우리 돈으로 배우고 있지."

"그게 돈이 됩니까?"

"당장은 돈이 안 되지만, 장기적으로 보고 하는 거야. 그런 드워프들이 배우고 돌아가면 부족들 사이에서 높은 자리에 앉겠지. 그렇다면 그들이 누구를 좋아하겠나? 자기한테 아무것도 안 해준 이들? 아니면 자기를 물심양면으로 지원해 준 이들?"

타당한 말이었다. 그러나 일개 용병 회사가 하기에는 지나치게 장기적인 일이기도 했다. 언제 결실을 맺을지 모르는 농사는 아무나 할 수 있는 일이 아니었다.

"블루베어는 돈이 많나 보군요."

"다른 회사랑 비슷한데, 우리 사정은 조금 다르지."

"……?"

"어쨌든 하려던 이야기는 그게 아니고. 본래 이야기로 돌아와서……. 우리는 이종족들과 꽤나 친하다는 걸세. 이종족들도 우리가 아무 생각 없이 투자하는 게 아니라는 걸 아니 최대한 정보를 전해주려고 노력하고 있고."

"에우터프의 산악 지대에서 뭐가 나왔습니까?"

"역시 눈치가 빠르군. 아티팩트가 있는 유적지에 대한 정보가 굴러왔네."

수현의 표정은 여전히 심드렁했다.

"아티팩트인데 흥미가 안 생기나?"

“아티팩트 하나에 일희일비할 상황은 아니죠, 이제.”

오히려 아티팩트 처분을 고민해야 하는 상황이었다. 지금도 지하 유적에는 루이릴이 훔친 아티팩트가 쌓여 있었다. 수현은 이것들을 어떻게 처리해야 하는지 아직도 고민 중이었다.

꺼내서 썼다가는 당장에 소문이 퍼져서 추적이 들어올 것 같았고, 그렇다고 묵혀두기에는 너무 아까웠다.

‘아. 이거 진짜……. 세탁을 하긴 해야 하는데.’

“아티팩트는 많아도 많아도 모자란 게 아니었나?”

“뭐……. 그렇긴 합니다. 원래라면 갔을 텐데, 지금 워낙 바쁜 상황이라. 설마 그거 동업하자고 찾아온 건 아니죠?”

“맞네.”

“…….”

수현은 어이가 없다는 듯이 로버트를 쳐다보았다. 아티팩트가 있는 유적지에 두 회사가 같이 들어가다니. 이게 무슨 말도 안 되는 소리란 말인가. 당장에 아티팩트 소유권으로 분쟁이 일어날 것이다.

“뭔 소리를 하나 했더니…….”

“나도 이게 보통은 하지 않는 제안이라는 걸 알고 있네. 이야기는 끝까지 들어주겠나?”

“계속하시죠.”

"아티팩트가 있다는 정보를 입수했으면 우리도 당연히 독식을 하고 싶지. 조용히 입 다물고 가서 가지고 나오면 되니까. 문제는 이게……. 만만한 유적지 같지가 않은 거야. 들어온 정보도 그렇고, 4팀을 입구까지 보냈더니 반죽음이 되어서 돌아왔더군."

"그러면 그냥 포기를 하시는 건?"

블루베어 정도면 아티팩트 하나에 목숨을 걸 이유가 없었다. 까놓고 말해서 돈으로 아티팩트를 살 수도 있는 처지 아닌가.

"그걸 못 하니까 이러는 거지."

"……?"

"아까 우리가 돈이 많다고 했지? 실제로도 돈이 많네. 그건 우리 쪽에 거물이 후원자로 붙어 있어서야."

단순히 사업의 이익적인 측면에서의 투자자가 아닌, 카메론에서 나오는 것에 흥미를 가진 후원자. 로버트가 말하는 사람은 후자를 의미하고 있었다.

"부러운데요? 우리도 그런 사람 어디서 하나 구하면 좋겠는데."

수현의 자산은 현금보다는 현금 아닌 것들이 더 많았지만 따지고 환산하다 보면 몇백억 정도는 충분히 동원 가능할 것이다.

그러나 진짜 거물들은 그 정도를 물 쓰듯이 쓸 수 있었다. 이전 세기부터 자산을 관리하며 계속해서 돈을 불리는 이들의 규모는 상상을 초월했다.

"다들 부러워하기는 하는데, 그렇게 좋은 것만도 아니야. 물론 찰스 회장 덕분에 우리가 남들이 못하는 것도 할 수 있기는 한데……."

로버트는 그들의 후원자가 누군지 설명했다. 찰스 카를로스. 미국 석유 재벌 가문의 후예로 이제는 카메론 사업에 주력하고 있는 사람이었다.

"드워프 유학도 보내줄 정도의 사람이면 뭘 해도 다 허락해 주지 않습니까? 완전 돈 나오는 주머니 수준인데."

"그렇지. 그렇지만 반대로 우리가 그 사람의 제안을 거절하기 힘들다는 문제점이 있네."

"아하."

"찰스는 저번에 150살을 넘겼어. 당사자는 200살까지 살겠다고 아주 의욕적이지. 내가 보기에는 충분히 가능할 것도 같아. 상시 치유 능력자를 끼고 다니면서 카메론에서 나온 온갖 몸에 좋은 건 다 가져가니까."

로버트는 찰스에게 복잡한 감정을 갖고 있었다. 그들을 전폭적으로 후원해줘서 키워준 것에 대한 감사의 마음을 갖고 있었지만, 동시에 무언가 무리한 것에 꽂히면 사정을 안 보고 그들을 닦달하는 것에 대한 귀찮음을 갖고 있었다.

'나이가 들어가면 들어갈수록 더 괴팍해지는 거 같단 말이지.'

이번 일도 그의 난리가 아니었다면 애초에 포기했을 것이다.

"이번 아티팩트를 갖고 싶어 하는 건 그 사람입니까?"

"바로 그걸세. 하필이면 들어온 정보가, 영생을 가능하게 해준다는 아티팩트여서……. 그게 말이나 되나?"

로버트는 현실주의자였다. 초능력자들을 누구보다 가까이 접했기에 아티팩트나 초능력의 한계를 잘 알고 있었다. 영생은 지나치게 허황된 능력이었다.

"그런데 찰스는 그걸 듣고 나서 완전히 꽂혀버렸네. 어떤 지원이든 해주겠으니 반드시 그걸 갖고 나오라고 하더군. 절대로 설득될 사람은 아니고. 어쩌겠나. 갖고 나와야지."

"고생이 많습니다. 힘내시죠. 파이팅."

"어허. 거절부터 하지 말고."

"전 그 사람한테 달러 한 장 받은 적 없는데 무슨……. 게다가 블루베어가 들어가지 못할 정도의 곳을 우리 팀을 데리고 들어가란 겁니까?"

"카크리타 계곡에서 한 걸 보면, 그런 면에서 자네 능력은 우리 1팀보다도 뛰어나다고 생각하네. 이건 진심이야."

“좌표나 줘보시죠.”

“어?”

“왜요. 싫습니까?”

“아, 아니……. 그런데 이건 외부로 유출하면 안 되는 정보일세. 거절하더라도 말이야. 무슨 뜻인지 알지?”

찰스 회장이 어지간히도 무서운지 로버트는 몇 번을 강조했다.

“제가 그렇게 경우가 없는 사람은 아닙니다. 줘보세요.”

수현이 좌표를 달라고 한 건 무슨 아티팩트인지 기억을 떠올리기 위해서였다. 에우터프에서, 영생과 관련된 아티팩트라면 그가 모를 리 없었다.

‘아, 여기는…….’

수현은 속으로 헛웃음이 나오는 걸 참아야 했다. 이 좌표에서 나오는 아티팩트는 건강과 관련이 있기는 했다. 정확히는 신체에 활력을 불어넣어주는 아티팩트였으니까. 그렇지만 영생과는 거리가 멀었다.

‘확실히 여기가 까다로운 곳이긴 한데.’

수현의 머릿속이 바쁘게 돌아갔다. 아티팩트가 발견되는 유적지는 모두의 꿈이었지만, 그중에서도 가장 좋은 것은 들어가기 쉽고 안에는 좋은 아티팩트가 있는 유적지였다,

그런 면에서 이 활력의 반지가 있는 유적지는 최악에 가까

웠다. 함정과 몬스터의 복합적인 구조. 안으로 들어갔다가는 몇 명은 죽어 나갈 것이다.

하지만 언제나 묘수는 존재했다.

'거리가……. 그 밑으로 들어가면…… 되나?'

"무슨 생각 하나?"

"잠시 계산 좀 해봤습니다. 그보다, 여기를 같이 깨면 저한테는 뭐가 돌아옵니까? 아티팩트는 그쪽 회장이 가져가실 테고."

"뭐든지."

"정말로요? 뭐든지?"

"……상식적인 수준에서지. 아티팩트 두 개까지는 보장해 주겠네. 찰스한테 그 아티팩트를 안겨줄 수 있으면 아예 회장의 아티팩트 룸에 안내해 주겠네. 그 정도는 충분히 해줄 사람이야. 보상에 관대하거든."

"아니, 그건 됐고요."

아티팩트 분석학에 있어서 가장 선두주자를 달리고 있는 건 미국이었다. 수현은 예전에 그들이 인공 아티팩트를 만들고 있다는 소문도 들어본 적 있었다.

찰스 카를로스 정도면 그런 연구소나 전문가들을 몇 명 정도 끼고 있을 게 분명했다. 그렇다면…….

"불법적인 부탁도 들어주실 수 있습니까?"

"뭐라고?"

로버트는 당황해서 되물었다. 이건 예상치 못한 질문이었던 것이다.

"얼마나 불법적인 부탁인데 자네가 부탁하지? 미안하지만 우리도 우리 입장이 있네. 찰스 부탁 들어주려고 더 위험한 짓은 할 수 없어. 살인 같은 건……."

"살인 같은 건 아니고……. 사람을 뭘로 보는 겁니까? 제가 살인을 사주할 사람으로 보여요?"

뻔뻔하게 얼굴에 철판을 깔고 힐난을 하는 수현을 보자 로버트는 미안한 표정을 지으며 사과했다.

"아, 그런가? 이거 미안하게 됐네."

"아티팩트 세탁, 가능합니까?"

"……!"

살인보다는 훨씬 급이 낮은 부탁이었다. 확실히 이건 가능한 부탁이었다. 일급 비밀이었지만, 블루베어에서도 암시장에 나온 아티팩트를 구입했을 때 그걸 세탁해서 사용한 적이 있었다.

아티팩트를 세탁하는 건 조심스럽고 세심하게 해야 하는 일이었다. 거칠게 겉모습을 바꾸려고 시도했다가 아티팩트 자체가 망가지는 경우도 있었다. 몇십억짜리가 손놀림 한 번에 날아가는 것이다.

"조금 안 좋은 루트로 물건을 구했나 보군?"

"뭐, 그렇죠."

세탁을 한다는 건 단순히 겉모습을 바꾸는 것으로 끝나지 않았다. 그 일에 관한 신뢰를 엄격히 지켜야 한다는 뜻이었다.

블루베어 내에서 키우는 전문가가 관련된 정보를 유출하면 피해는 블루베어만 보지만, 수현의 일을 맡은 전문가가 정보를 유출시키면 일이 몇 배로 복잡해졌다. 그 책임은 블루베어가 지게 될 테니까.

"으음……. 이건 물어봐야겠군. 미안하게 됐네. 바로 즉답을 못 해줘서. 그 기술자는 찰스가 직접 끼고 있는 기술자야."

"그 정도는 이해해 드려야죠. 쉬운 일도 아닌데."

"고맙네. 곧바로 연락을 주지."

수현은 느긋하게 기다렸다. 보아하니 상대는 거절하지 않을 것 같았다. 가지고 싶은 걸 모두 가져온 찰스 같은 남자에게 참으라고 하는 건 불가능에 가까웠다.

그리고 얼마 지나지 않아 연락이 왔다.

"허가를 받았네. 기술자를 빌려줄 수 있다더군. 다만 그건 일이 성공적으로 끝나고 나서야. 괜찮겠나?"

"말은 정확히 합시다. 안에 있는 아티팩트를 꺼내기만 하면 된다 이거죠? 그 안에 있는 아티팩트가 영생이든 아니든."

"그건 물론이지."

로버트는 수현이 의외로 쉽게 넘어가자 놀랐다. 수현의 위치가 성공해야 보수를 받을 정도는 아니었기 때문이었다. 그 정도의 위치면 시도하는 것만으로도 보수를 받을 수 있게 협상이 가능했다.

그러나 이미 수현은 다른 방법을 생각해 놓은 상태였다.

'굳이 안에 들어가서 고생할 이유가 있나.'

"그보다 아티팩트 세탁에 대한 보안이 궁금한데, 어떤 식으로 처리합니까?"

"간단하게 설명하자면 두 가지네. 아티팩트와 약물이지. 기술자는 일을 끝내면 자기가 어떤 걸 건드렸는지 제대로 기억도 못 할 거야."

다루는 일이 다루는 일인 만큼, 이 일에 종사하는 기술자는 실력도 실력이지만 신뢰도 중요했다.

기술자의 약점을 잡아 놓는 곳도 있었지만 블루베어 측은 다른 방식을 사용했다. 기억에 혼동을 주는 약물과 아티팩트를 같이 사용한다면 단기적인 기억을 지우는 게 가능했던 것이다.

'역시 미국 쪽이 기술이 좋긴 좋군.'

수현의 입장에서도 이런 방식이 좋았다. 단순히 기술자의 입을 다물게 하는 것이라면 블루베어 측에서는 정보를 알아낼 수도 있었기 때문이었다.

"그러면 당장 계획 세우는 대로 일에 들어가겠습니다."

"우리 쪽 지원은 얼마나 필요하지?"

"아. 지원이요?"

"찰스와 관련된 일이니 2팀뿐만 아니라 1팀도 지원 가능하네. 만만한 일이 아니잖나."

로버트는 이 유적을 돌파하는 게 만만치 않으리라고 짐작하고 있었다. 그렇기에 가능한 지원은 모두 해주려고 마음먹은 상태였다. 엉클 조 컴퍼니는 주 전력인 1팀을 이끌고 나설 텐데, 블루베어가 몸을 사렸다가는 바로 일이 틀어질 것이다. 수현은 만만한 사람이 아니었다.

"지원이라……. 뭐, 좋네요. 외부 업체 고용하는 것보다는 블루베어 쪽 지원받는 게 편하겠죠."

"……??"

"2팀하고 하위 팀 하나 넣어주시죠. 파워 아머 운용 가능한 사람들로."

"???"

로버트는 정말로 이해가 가지 않아 다시 물었다.

"정말로 그걸로 괜찮나? 우리 4팀이 거기 가서 가져온 정보를 확인한 거 맞지?"

"예. 예. 확인했고요. 그걸로 충분합니다. 그러면 준비되는 대로 연락드리죠."

수현은 안 그래도 바쁜 이 시기에 그의 팀원들을 데리고 에우터프까지 갔다 올 생각은 조금도 없었다. 그는 빠르게 지시를 시작했다.

"이소희 씨, 아마 곧 오크들이 올 겁니다. 나름 괜찮은 놈들이지만 현대전에 대한 경험은 전혀 없을 테니 훈련을 맡기겠습니다. 2팀으로 굴릴 수 있도록 만들어주세요."

"훈련 강도는……."

"울면서 도망쳐도 상관없으니 확실히!"

"네. 알겠습니다."

이소희는 오랜만에 옅게 미소 지으며 고개를 끄덕였다. 수현은 걱정하지 않았다. 자세한 상황 설명은 조승현과 고르간이 알아서 해줄 것이고 훈련 정도라면 이소희가 충분히 할 수 있을 것이다.

"루이릴, 아마 시간 맞춰서 오겠지만, 그 전에 김종태가 찾아오면 이걸 줘. 너랑은 다른 종류의 억제제니까 네가 먹을 생각하지 말고."

"……그런 생각 안 했거든?"

"아마 그 전에 돌아올 거야. 그놈 만만한 놈 아니니까 상대하면서 뭔가 이상하다 싶으면 그냥 죽여도 된다."

말은 그렇게 했지만 수현은 김종태가 수작을 부릴 거라고는 생각하지 않았다. 아무리 독사 같은 놈이라도 수현이 심어놓은 공포에서 벗어나려면 시간이 필요할 것이다.

지금 그는 죽고 싶지 않다는 일념으로 중국에서 준비를 하고 있을 것이다.

"아. 맞다. 이제 슬슬 네가 훔친 아티팩트들을 꺼내야 할 것 같은데."

루이릴의 귀가 아래로 쳐졌다. 그녀의 컬렉션들이 사라진다는 걸 생각하니 슬픈 건 어쩔 수 없었다. 수현도 여기에는 살짝 미안함을 느꼈는지 어깨를 두드렸다.

"잘 쓸게. 세탁 끝나면 독도 풀어줄 테니까."

"……!"

"그래도 중국 쪽은 가지 말고. 시간이 지났으니 아직까지 쫓고 있지는 않겠지만 수상하다 싶으면 다시 추적 들어갈 거다. 가볍게 듣지 마. 진짜 위험해."

드래곤 슬레이어 프로젝트 때문에 균형이 깨졌다. 이제 정말 본격적으로 움직일 것이 분명했다. 이런 상황에서 건드렸다가는 피를 볼 수 있었다.

"그보다 지금 맡길 놈이 미국 쪽 기술자거든? 너 빼돌린 아티팩트 중에서 미국 쪽에서 빼돌린 것도 있나?"

루이릴은 휘파람을 불며 시선을 피했다. 수현이 노려보자 그녀는 결국 입을 열었다.

"두, 두 개밖에 없어."

"……그 두 개는 빼놓고 맡겨야겠군."

아무리 그래도 미국 쪽 기술자에게 미국에서 갖고 나온 아티팩트를 맡기는 건 위험 부담이 컸다.

아티팩트들을 갖고 나온다면 일단 루이릴을 더 이상 협박할 수는 없었다. 사람인 이상 계속 협박만으로 움직이는 건 불가능했으니까.

어느 순간에서부터는 관계를 변화시켜나가야 했다.

수현은 순간이동 능력자인 루이릴을 계속해서 밑에 두고 싶었다. 분명 앞으로도 쓸 일이 많을 테니까.

그렇지만 억지로 둘 생각은 없었다. 그랬다가는 언젠가 역효과가 나왔다.

'뭐……. 이제는 다른 곳으로 가서 떠벌리고 다녀도 예전처럼 위험하지는 않으니까.'

지금은 군에서 특수부대도 만들지 못한 상태. 수현이 무슨 사고를 치고 다녀도 정부에서 나서서 그를 보호해 줄 것이다.

"팀장님. 혼자 가는 것보다는 저라도 따라가는 게 나을 것 같습니다만."

"됐어. 블루베어가 그렇게 만만한 애들이 아니니까."

'오히려 우리 쪽보다 전력이 더 탄탄하지.'

"그보다 딸은 괜찮나?"

"네. 배려해 주신 덕분에……."

서강석은 고개를 숙였다. 그가 수현에게 느끼고 있는 감정은 표현하기도 힘들 정도였다.

"잘 대해줘. 이제 일 시작되면 얼굴 보기도 힘들 테니까."

"각오하고 있습니다."

'이 인간은 언제 각성하려나…….'

독 관련으로 이름을 떨친 서강석이었으니 각성을 해도 아마 독 관련된 초능력을 가지리라 예상하고 있었다. 가장 가능성이 높은 건 초능력 독이었다. 초능력으로 만들어지는 가상의 독. 여기에 뛰어난 독 조합 실력이 곁들어진다면 어마어마한 위력이 나왔다.

'느긋하게 기다리자. 아직은 급할 때가 아니니까.'

"오랜만이야!"

"그래. 오랜만이다."

제니퍼는 꽤나 활기차 보였다. 속마음은 어떻든 간에 그녀는 리듬감 있게 경쾌하게 움직이는 재주가 있었다.

"오랜만입니다."

"그쪽도 오랜만이군. 저 대머리는 돌아간 다음에 또 까였나?"

"하하, 무슨 말씀을요. 그냥 가볍게 주의만 들었을 뿐입니다."

저번에 만났을 때는 제법 성질을 부리던 화이트먼이 이번에는 수현을 슬슬 피했다. 수현이 보기에 보통 까인 게 아닌 것 같았다.

"그런데 팀원들은?"

"이 인원으로 충분해. 아. 파워 아머도 왔군. 이거 갖고 가라고 해라."

"……??"

이 자리에 있는 인원 중 수현의 능력을 의심하는 사람들은 없었다. 그러나 아무리 그래도 이렇게 아무것도 가지지 않고 자신감 넘치는 태도는 이해가 가지 않았다.

'이번 유적지에서도 카크리타 계곡처럼 무언가 알고 있는 건가? 아니, 아무리 그래도 그렇지.'

카크리타 계곡은 비밀만 알면 정말 쉬워지는 곳이었다. 그들이 그런 손해를 봤다는 게 억울해질 정도로. 그러나 세상에 그런 곳이 두 개나 있으리라고 여겨지지는 않았다.

"좋아. 출발!"

활력의 반지가 있는 곳에 도착하려면 길고 긴 길을 구불구불하게 돌아서 가야 했다. 물론 그 와중에 복합적인 함정과 끈질긴 몬스터들을 상대하는 것은 물론이었고 벽 속에 동화되는 능력을 가진 몬스터와 그림자를 건너가는 몬스터는 사람의 신경 줄을 갉아먹었다.

그런 놈들과 드잡이질을 하는 건 미련한 짓이었다.

수현은 목적지인 산 가운데에 있는 동굴이 아닌, 그 밑의 평지를 돌아다녔다. 블루베어의 대원들은 얼굴에 물음표만 더해가며 수현의 뒤를 따랐다.

"누가 좀 물어봐봐. 왜 안 들어가고 여기서 이러는지."

"팀장님께서 물어보시죠. 여기서 그나마 친하잖아요."

"친하기는! 내가 저번에 말 잘못해서 얼마나 혼이 났는데……."

수현이 그들을 데리고 빙빙 돌고 있음에도 불구하고 아무도 말을 꺼내지 못했다. 그만큼 수현을 어려워하고 있었던 것이다.

'사장이 무슨 말을 했나?'

그런 그들을 보며 수현은 로버트가 사전에 무슨 소리를 했다는 것을 깨달았다. 2팀이면 몰라도 파워 아머를 몰고 온 블루베어의 하위 팀은 수현에게 절절맬 이유가 없었다.

"찾았다. 파워 아머 파일럿! 장비 갈아 끼워라."

수현이 발걸음을 멈춘 건 얕은 시냇물이 흐르는 곳이었다.

"네?"

"짐 풀어보면 굴삭용 장비 있을 거야. 이 밑을 파고 들어간다. 물을 막고 퍼내. 얕은 곳이니까 퍼내기 쉬울 거다."

"저기, 김수현 팀장님……."

결국 스콧이 나섰다. 그는 주저하면서 수현에게 말을 걸려고 했다.

"됐고. 떠들 시간에 스톤 월이나 저기에 써. 물 퍼내야 하니까."

"……예."

그가 애초에 수현이 명령하는데 뻔댈 정도의 기개를 갖고 있었다면 2팀 팀장을 하고 있었을 것이다.

그러는 동안 파워 아머 파일럿들은 어리둥절한 와중에도 팔에 장착된 무기를 빼고 하라는 대로 굴삭용 장비를 꼈다. 스콧이 만들어낸 암석 벽이 시냇물의 흐름을 막고, 얼마 지나지 않아 바닥이 드러났다.

“작업 시작! 해가 저물기 전에 끝낸다. 서둘러!”

‘X발놈!’

2팀이 아닌 하위 팀이 잠자코 따르는 건 사장의 명령 때문이었다. 입 잘못 놀리는 놈 나오면 바로 잘라버리겠다는 말은 전혀 가볍게 여길 수 없었다.

그렇지만 감정은 참을 수 없었다. 노련한 파워 아머 파일럿 눈에 수현은 초능력만 믿고 멋모르고 날뛰는 애송이일 뿐이었다.

목숨 걸고 몬스터를 상대해 온 그들에게 이런 잡일은 모욕에 가까웠다.

‘저런 새끼를 왜 데리고 온 거야?’

‘몰라. X발. 하라는 대로 해.’

블루베어만큼 그들을 대우해 주는 곳도 드물었다. 대기업이 괜히 대기업이라고 불리는 게 아니었다.

“거기. 힘으로 밀어붙이지 말고 요령껏 하라고. 찌르지 말고 파내! 파워 아머로 근접전 안 해봤어?”

“…….”

“아. 거 참. 찌르지 말라니까!”

“……그러면 그쪽이 한 번 해보시든가!”

옆에서 일하고 있던 파일럿들이 사색이 됐다. 평소 성질이 급한 동료라서 말을 들으면서도 조마조마했는데, 결국 사고를 친 것이다.

"야. 미쳤냐?!"

"너 사장 말 잊어버렸어?"

"내가 저놈한테 저런 소리 들으면서 할 바에……."

"조언을 해주면 고마워하지는 못하고…… 나와!"

"……?!"

동료를 어떻게든 말리려고 하는데 더욱더 믿기 힘든 목소리가 들려왔다. 수현이 짜증 섞인 표정으로 동료에게 나오라고 손짓한 것이다.

"나오라고! 안 들리나?"

'나가면 죽는 거 아냐?'

'설마 초능력자가 맨몸인 파워 아머 파일럿에게 그러려고…….'

그들은 무의식적으로 2팀의 초능력자들을 쳐다보았다. 설마 저들이 저렇게 있는데 대놓고 공격하지는 않겠지?

파일럿은 쭈뼛거리며 콕핏을 열고 아래로 내려왔다. 원래라면 계속 화를 냈을 그였지만 동료의 만류와 수현의 초능력이 그의 분노를 조절하게 만들었다.

그러나 수현은 그를 공격하지 않았다. 그에게 욕 한마디도 하지 않고, 그를 지나쳐서 빈 콕핏 안으로 들어가 버렸다.

"화력하고 자동 추적 기술만 믿고 원거리 교전만 해대니까 이런 면에서 실력이 드러나지……."

수현은 혀를 차며 파워 아머를 몰기 시작했다. 옆에서 그 모습을 지켜보고 있던 파워 아머 파일럿들은 수현의 목소리를 그대로 통신으로 들어야 했다.

그들은 수현이 미친 게 아닐까 생각했다. 뛰어난 초능력자와 뛰어난 파워 아머 파일럿은 겹칠 수가 없었다. 뛰어난 초능력자는 애초에 파워 아머 같은 걸 몰 이유가 없었으니까.

쿠르릉!

수현이 탄 파워 아머의 팔이 능숙하게 움직이며 지반을 파헤치기 시작했다. 한 치의 동작 낭비도 없이 땅을 깎아내는 모습은 예술에 가까웠다.

다른 사람들은 알아보지 못하더라도 노련한 파일럿들인 그들은 알 수 있었다. 수현의 움직임이 얼마나 대단한 것인지를.

'?!?!?!!?'

'엄마 뱃속에서부터 파워 아머를 탔나?!'

딱 봐도 젊은 놈이었다. 아무리 일찍 파워 아머를 탔었어도 그들에 비해 경력이 밀릴 수밖에 없는 놈이었는데 실력이 보통 뛰어난 게 아니었다. 근접전에서 그들과 전부 붙어도 이길 수 있을 것 같은 솜씨였다.

"안 파나? 내가 나 혼자 일하려고 너희들을 부른 건 아니었는데?"

"예? 예! 지금 파겠습니다!"

밖에서 서 있는 파일럿은 입을 다물지 못했다. 뛰어난 실력은 그 자체만으로도 사람들을 모이게 만들었다.

방금까지 같이 수현을 욕해주던 동료들이 언제 그랬냐는 듯이 옆에서 그를 도와 협력하는 걸 보자 기도 막히지 않았다. 아니, 그보다 수현의 실력으로 인한 충격이 더 컸다.

철컥!

수현이 파워 아머의 콕핏을 열고 땅바닥에 가볍게 착지하자, 스콧이 공손한 태도로 음료수를 건넸다. 수현은 피식 웃으며 받아들였다.

"부관 역할에 너무 익숙한 거 아닌가?"

"제가 안 줬으면 다른 사람이 줬을 겁니다."

그 말에 고개를 돌아보자, 파워 아머 파일럿들이 쭈뼛거리며 그를 쳐다보는 게 보였다. 말을 걸고 싶지만 그러지 못해서 망설이는 게 뻔히 보였다.

"나이 먹을 대로 먹은 사람들이 저렇게 수줍어하면 조금 그렇지 않나?"

"……이해해 주시죠. 다들 파워 아머 조종에서는 한가락 하는 사람들이라…… 수줍음이 많습니다."

"수줍음은 개뿔."

수현은 마신 음료수를 스콧에게 건네주고 그들에게 다가 갔다.

수줍음은 스콧이 아주 좋게 표현해준 것이었다. 그들이 수줍음이 많을 리 없었다.

안에서 나오지 않는 사람들도 아니고 일이 생기면 최전선에 서서 파워 아머를 몰고 몬스터와 맞부딪히는 사람들이 수줍음이 많을 리가 없지 않은가.

지금 저건 부끄러움에 가까웠다. 나름 전문가라고 자부하며 수현을 멋모르는 놈으로 무시했었는데 그 영역에서 깨진 것이다. 실력이 실력이니만큼 부끄러움도 컸다.

앞으로 필요하지 않거나 적 세력 파일럿이었다면 대차게 구박을 했겠지만, 이들은 앞으로도 필요했다.

주로 잡일에.

수현은 관대한 마음으로 그들을 다독이기 시작했다.

"하던 일이 하던 일이니만큼 이런 거에 안 익숙한 건 알겠는데, 이것도 다 파워 아머 조종과 관련이 되는 거라고. 몬스터가 매번 원거리에서 맞아주겠어?"

"……."

파일럿들은 입이 열 개라도 할 말이 없었다.

"우리 쪽 교리는 접근하기 전에 끝내라고……."

"그래. 그거 헛소리라고. 세상일이 다 그렇게 쉽게 굴러가면 문제는 왜 생기겠나? 일이 꼬일 때를 대비해야지. 몬스터 중에서 거리 좁히고 파워 아머 가까이 붙을 수 있는 놈들이 한둘인 줄 알아? 에우터프 말고 다른 곳만 가도 바로 나온다고. 근접전 할 일 없다고 생각하고 연습 게을리하지 마. 이런 데서 다 티가 난다."

"파워 아머도 몰 줄 알았어? 대단하네."

"그러게 말입니다. 우리 팀 파일럿들이 어디 가서 저런 소리 듣고 다닐 파일럿들이 아닌데……."

스콧은 제니퍼의 말을 듣고 고개를 끄덕이며 동의했다.

'어라? 그런데 파워 아머 파일럿이라는 정보가 있었었나?'

예전에 수현을 스카웃하기 위해 그에 대한 정보를 모았을 때, 그의 정보에 파워 아머 파일럿이라는 것은 나와 있지 않았었다. 파워 아머 파일럿이라는 건 카메론에서 뛰어난 장점이었고, 아무나 할 수 있는 게 아니었다. 정보에서 빠질 리가 없었다.

'그사이에 땄나? 솜씨가 하루 이틀 몬 솜씨가 아니었는데……. 그냥 내가 착각했나 보군. 하긴, 저런 실력이면 예전부터 몰았겠지.'

"조언 감사합니다."

"왜 당신이 감사해? 저 인간들이 감사해야지."

"수……."

"……줍음이 많다는 소리 한 번만 더 하면 내가 진짜 수줍게 만들어버리는 수가 있다."

사람의 얼굴을 쳐다보지 못하고 벌벌 떠는 것도 일종의 수줍음이었다. 그리고 수현은 마음만 먹으면 저들을 그렇게 만들 수 있었다.

"……죄송합니다."

파일럿들은 수현의 조언을 듣고 충격에 빠진 모습이었다. 수현의 조언이 나름 파일럿이라고 자부하던 그들에게 큰 충격을 가져다준 것이다.

'그래도 감사 인사는 해야지. 이 인간들이 진짜…….'

덕분에 그가 이렇게 뒷수습을 해야 하지 않는가.

"에우터프는 넓어서 몬스터를 접근시키지 않는 게 수월하겠지만, 다른 곳으로 가면 당장에 한계가 드러날 거다. 괜히 비싼 파워 아머 날리기 싫으면 미리 훈련을 시켜두라고."

"네. 알겠습니다."

"대충 다 팠나."

"그러고 보니……."

예상치 못한 파일럿들의 교육으로 수현에게 이걸 왜 하는지도 묻지 못하고 있었다.

"이 굴은 왜 판 겁니까?"

"밑으로 들어가려고."

"……!"

산 중턱에 위치한 동굴로 들어가면 그다음부터는 지겨울 정도의 함정과 몬스터들을 뚫고 아래로 내려가야 했다.

산 안에 나선 계단 같은 구조물을 만들어놓은 셈이었다. 그런 식으로 계속해서 깊숙이 내려가다 보면 유적이 있는 방이 나왔다.

그렇다면 굳이 위로 들어가서 정해진 길로 들어갈 필요가 없었다. 산 밑의 적당한 위치를 찾아 굴을 뚫고 거기로 접근하면 됐다.

수현의 계획을 들은 블루베어의 전원은 뒤통수를 한 대 맞은 표정을 지었다. 제니퍼는 더듬거리다가 한 마디를 내뱉었다.

"천, 천재?"

"유적지를 정해진 길로만 가려는 게 멍청한 거지. 헛소리 그만하고. 들어간다!"

파워 아머 덕분에 예상보다 훨씬 빠르게 길이 만들어졌다. 블루베어 2팀은 지하로 만들어진 통로로 걸어 들어가며 고개를 절레절레 흔들었다. 그들도 나름 카메론에서 일하며 비정상에 적응을 한 이들이었지만 수현은 보면 볼수록 신기했다.

"그런데 방의 위치 파악은 어떻게 한 겁니까?"

"기업 비밀이다."

수현은 막힌 벽을 두드렸다. 안이 빈 소리가 났다. 파워 아머 파일럿들이 더 이상 뚫지 못하겠다고 보고를 한 곳이었다.

이 정도 얇은 벽인데도 파워 아머로 뚫지 못한다는 건…….

'도착했나.'

"초능력으로 뚫어야겠군. 누가 하겠나?"

"제가 하겠습니다."

화이트먼이 의욕적으로 주먹을 부딪치며 나섰다. 수현이 이제까지 일을 주도하면서 보여준 모습이 그의 의욕에 불을 붙인 것이다. 그래도 2팀의 일원인데 아무런 도움도 되지 못할 수는 없었다.

"오. 대머리."

"……."

"힘 조절 하는 거 잊지 말고."

"예?"

전력을 다해 에너지로 만들어진 미사일을 벽에 쏴내려던 화이트먼이 멈칫했다. 수현은 그걸 보며 한숨을 쉬었다.

'초능력자들도 기본적으로 탐험가 교육받아야 하는 거 아

닌가?'

"안에 뭐가 있을지도 모르는데 전력으로 부수려고?"

"파워 아머로도 못 뚫었는데……."

"그건 초능력 관련으로 벽을 유지하고 있는 거다. 약하게 쳐. 날려 먹지 말고."

"예……."

화이트먼은 시무룩해져서 매직 미사일을 쏘아냈다. 수현의 말대로, 약하게 쐈는데도 벽은 순식간에 허물어졌다. 먼지가 사라졌음에도 불구하고 아무도 움직이지 않았다. 모두가 수현을 쳐다보았다.

"나한테 뭐 맡겨놨나?"

"아니…… 그게……."

위험하다고 알려진 유적지를 이렇게 뚫게 되리라고는 상상치도 못했지만, 지금 그들은 모두 수현에게 의지하고 있었다.

'수현이라면 위험하다고 알려진 유적지도 손쉽게 돌파할 수 있겠지', '수현이라면 이제 어떻게 행동해야 할지 지시해 주겠지'.

지금 그들의 생각이었다.

"어떻게 합니까? 들어갈까요?"

"어휴……."

수현은 밖에서 가지고 온 돌멩이들을 들어서 하나씩 던지기 시작했다.

덜컥!

염동력을 실어서 무게감 있게 던진 돌멩이는 바닥의 함정을 작동시켰다. 갑자기 바닥 하나가 통째로 사라져 버리자 뒤의 통로에 있던 이들은 모두 움찔했다.

"으아……."

수현이 던지는 걸 멈추자 스콧은 일이 끝났나 생각했다. 그러나 수현은 드론을 꺼내 안으로 날려 보내기 시작했다.

'그렇게까지 할 필요가 있……'

콰직!

어딘가의 실을 건드렸는지 함정이 작동해 드론이 그대로 박살 났다.

"군요."

"뭐라고 했나?"

"아니, 아무것도 아닙니다."

"대충 다 끝난 것 같군. 들어가자. 아. 다 말고. 너만."

"예??"

화이트먼은 수현이 그를 지목해서 들어가라고 하자 당황해서 주변을 두리번거렸다.

'설, 설마 이 인간 내가 저번에 그랬다고 화풀이를……'

"내가 들어갈 수는 없잖아. 치유 능력자인데. 다치면 치료해 줄 테니 들어가."

"……왜 접니까?"

"그야 2팀에서 네가 제일 만만해 보이니까 그렇지. 걱정 마. 아마 함정 다 없어졌을 거야."

돌려 말하지도 않는 수현이었다.

"아마?"

"거 참, 말 많네. 들어가!"

잘 아는 유적지가 아니라면 많은 인원이 들어가서 좋을 게 없었다. 화이트먼은 정말 들어가기 싫은 표정으로 꾸역꾸역 걸어 들어갔다.

그러나 함정은 없었다. 화이트먼은 차츰 침착성을 되찾았다. 그는 주변을 두리번거리며 신기하다는 듯이 유적을 관찰했다.

별다른 것 없이 심플한 구조였지만 석상 앞에 고풍스러운 금속 상자가 보였다. 다른 건 보이지 않는 상황에서, 그 안에 무언가가 있다는 건 화이트먼도 짐작할 수 있었다.

"함정은 없고 상자가 있는데요. 어떻게 할까요?"

"그 상자 건드리지 마라."

"……?"

"상자 말고 주변에 다른 거 없나 찾아봐. 뭐 더 없나?"

"석상이 있고……."

"그 석상 잘 뒤져봐. 상자는 건드리지 말고."

옆에서 대화를 듣고 있던 스콧이 물었다.

"상자는 어째서?"

"함정으로 가득한 유적이 가져가기 좋게 상자에 넣어놨겠나? 당연히 함정이지."

유적도 여러 가지로 나뉘었지만, 크게 나눈다면 보관을 위해 함정 없이 단순한 구조로 만들어진 곳과 침입자를 막기 위해 복잡한 구조와 함정을 섞어 만들어진 곳으로 나눌 수 있었다.

후자일 경우에는 아티팩트가 있을 것 같은 곳을 봐도 바로 잡으면 안 됐다.

"석상에도 아무것도 없는데요?"

"석상 부숴."

"예? 정말로요?!"

"부수라니까."

화이트먼은 주저했지만 수현의 명령을 거절할 생각은 들지 않았다. 그는 망설이더니 매직 미사일로 석상을 부수기 시작했다.

"찾았습니다!"

"좋아. 가지고 나와. 다른 건 건드리지 말고."

상자는 그냥 내버려 둡니까?"

"내 말은 귓등으로 들었나? 그냥 나오라고."

새로 보충된 블루베어 2팀의 팀원 중 한 명이 말을 꺼냈다가 수현의 서릿발 같은 말에 고개를 움츠렸다.

"그, 그래도 유적지의 상자인데…… 읍읍!"

"하하. 아직 신입이라……."

"안 닥치면 저 상자를 네 입에 박아버릴 거야."

이미 수현 앞에서 입을 잘못 놀렸다가는 어떤 일이 벌어질지 잘 아는 둘이 나섰다. 스콧은 대원의 입을 막고 수습하려 들었고 제니퍼는 대원의 귓가에 대고 속삭였다.

"됐어. 고생한 게 고생한 거니 최대한 챙기고 싶겠지."

수현이 상냥하게 말할 때가 더 위험하다는 걸 둘은 알고 있었다.

"가서 네가 열고 와."

"네?"

"가서 열고 오라고. 챙기고 싶다며."

"어……."

정작 수현이 하라고 하자 매우 겁이 나기 시작했다. 지금까지 수현의 예측이 맞아떨어진 걸 보면 거의 예언가 수준 아니었는가. 그렇지만 여기서 멈출 수는 없었다.

'괜히 말을 꺼내 가지고……!'

그는 속으로 후회하며 걸어갔다. 그래도 수현이 그를 죽게 내버려 두지 않으리라는 믿음이 한 줄기 희망이 있었다. 화이트먼은 작은 함을 들고 걸어오며 물었다.

"저거 열어도 되는 겁니까?"

"으아아아악!"

"당연히 안 되는 거지."

수현은 일어서서 안으로 걸어 들어갔다. 수많은 벌레가 날아드는 바람에 연기처럼 보일 지경이었다. 상자를 연 대원은 벌써 몇 방 쏘여서 의식을 잃고 쓰러져 있었다.

어차피 화이트먼이 나오면 그가 들어가서 벌레들을 죽이고 독을 모으려고 했다. 순서만 달라졌을 뿐.

탁! 으지직!

염동력으로 한 번에 모아버리고, 독공으로 독을 빨아낸다. 부들부들 사지를 떠는 대원의 목덜미를 잡고 수현이 다시 돌아왔다. 치유 능력과 독공을 갖고 있는 그가 아니었다면 그는 이 자리에서 죽었을 것이다.

"독이군."

"괜찮은 겁니까?!"

"됐어. 치유 능력도 썼고. 해독도 끝냈다."

수현은 아무런 장식도 없는 평범한 반지들을 낀 것을 보여주었다. 초능력에 대한 핑계로 끼고 있는 가짜 아티팩트였다.

"이 함도 설마……."

"그렇게 보관하는 것까지 함정을 설치하지는 않겠지만, 남은 건 나가서 열자고. 이건 네가 들어라."

"……."

화이트먼은 의식을 잃은 대원을 등에 업었다.

"대단해! 정말 대단하다는 말밖에 할 말이 없군! 정말 대단하네!"

"영생과는 거리가 멀지만……."

"그건 됐네. 우리도 들어가기 전부터 짐작하고 있었지 않나. 영생의 아티팩트가 있을 리가 없다고. 찰스 회장은 충분히 만족했네."

영생과 비교하면 급이 훨씬 떨어졌지만, 활력의 아티팩트는 그 자체만으로도 충분히 쓸 만한 아티팩트였다. 전투에서도 요긴하게 쓰일 수 있었고 비전투 상황에서도 활용이 가능했다.

"그런 방식으로 유적지를 깨다니. 우리 팀원들이 많은 걸 배웠을 거야."

"강한 초능력자 팀일수록 이런 잔재주에는 좀 미숙하죠."

수현은 당당하게 정면 승부를 하는 걸 좋아하지 않았다. 쉽게 돌아갈 수 있는 길이라면 그 길로 가는 걸 선호했다.

"그보다 회장도 만족했고, 원했던 것도 건넸으니 기술자를 빌렸으면 합니다만."

루이릴이 미국에서 훔친 걸 제외하고 전부 세탁해서 전력으로 쓸 생각이었다. 수현은 한시라도 빨리 세탁을 원했다. 언제 어디서 중국 쪽 부대와 마찰이 일어날지 몰랐으니까.

"아, 그 전에 찰스가 자네를 만나고 싶다는데."

"회장이?"

수현은 노골적으로 싫다는 표정을 지었다. 한창 바쁜 시기에 시간을 써준 건데 이제 그 당사자까지 직접 만나라니. 솔직히 귀찮았다.

"……그런 표정 짓지 말고. 찰스와 만나서 손해 볼 건 없을 거네. 일단 자기 사람한테는 정말 잘해주는 사람이거든. 그렇지 않으면 그 사람 밑에 사람이 모이겠나?"

"전 그 사람의 사람이 아닙니다만."

"일단 간접적으로 도와준 거니까 나쁜 이야기는 없을 걸세. 어떤가? 괜찮겠나?"

"뭐……. 어쩔 수 없죠. 약속 잡으세요."

기술자도 빌려야 하는 상황에서 괜히 기분 나쁘게 할 필요는 없었다. 어차피 투자한 시간. 수현은 조금 더 투자해야겠다고 마음먹었다.

카메론에서 태어나 카메론에서 자란 수현은 지구의 땅을 밟은 적이 별로 없었다.

이번이나 과거나 모두. 그래서 찰스 회장이 그를 만나고 싶다고 했을 때, 오랜만에 지구의 땅을 밟게 되는 건가 생각했다.

그러나 찰스 회장은 지구에 있지 않았다. 그는 카메론의 미국 도시, 리틀 워싱턴에 있는 별장에 머무르고 있었다.

'덕분에 시간을 아끼니 좋긴 한데.'

오랜만에 정장을 입으니 넥타이가 목을 조이는 느낌이었다. 요즘은 정부 관계자들을 만날 때도 이렇게 치장을 하지 않았다. 이런 차림을 하게 된 건 순전히 로버트와 스콧의 합작이었다.

스콧은 수현의 발목을 잡고 옷차림을 바꿔달라고 늘어졌다. 결국 이런 걸로 더 이상 시간 낭비를 하기 싫은 수현이 항복했다.

"잘 어울리는군."

"억지로 입혀놓고 신경 긁습니까?"

"……찰스가 이런 데에는 좀 신경을 쓰는 사람이라……."

다른 사람들은 입고 싶어도 입지 못하는 명품으로 도배를 시켜놨는데도 구박을 하는 건 수현밖에 없을 것이다. 그렇게 생각하며 로버트는 속으로 투덜거렸다.

카메론에 오는 건 한몫을 잡으려는 용병들과 상인들만이 아니었다. 그건 초창기에나 그랬고, 도시가 생성되고 그 안의 치안이 잡힌 이후로는 관광과 휴양 목적으로 오는 사람들도 많았다.

"지구의 더러운 공기보다는 여기의 공기가 내 건강에 훨씬 더 좋다는군."

"그렇습니까?"

처음 만난 찰스 카를로스는 강렬한 인상을 남겼다. 40대로밖에 보이지 않는 이 남자가 한 세기하고도 반세기를 더 살았다는 게 믿기지 않았다. 그는 탄탄한 몸과 꼿꼿한 자세를 하고서 수현을 쳐다보았다. 눈빛에는 이글거리는 열정이 느껴졌다.

방 안은 전형적인 카메론 부호들의 방이었다. 이종족들의 예술품들과 박제된 몬스터들의 머리. 미국식 스타일과 카메론 스타일의 기묘한 융합이었다.

'이거 어떤 놈이 인테리어를 맡은 거야?'

"그 박제에 흥미가 있나?"

"아뇨, 직업이 직업인지라 죽은 몬스터에는 별로 관심이 없습니다. 살아 있는 몬스터에 관심이 많죠."

수현의 말에 찰스는 크게 웃음을 터뜨렸다. 그의 손에는 수현이 꺼내 온 아티팩트가 끼워져 있었다. 그는 지팡이로 바닥을 툭툭 두드리며 말했다.

"로버트가 말해줬겠지만, 이 아티팩트 고맙네. 덕분에 이 지팡이는 버려도 될 거 같아."

"보아하니 그 아티팩트 없이도 잘 지내실 것 같습니다만."

"칭찬은 고맙지만 그건 아니야. 하루하루가 다르게 느껴질 정도거든. 자네의 젊음이 부럽군."

찰스 정도면 육체 강화 수술을 당연히 받았을 것이다. 거기에 온갖 건강에 좋은 건 다 받았을 텐데도 저러다니. 수현은 새삼스럽게 그의 나이를 실감했다. 따지고 보면 게이트의 발견과 카메론의 발전을 직접 본 사람 아닌가.

"요리 갖고 왔습니다."

"……?"

수현은 의아하다는 듯이 찰스를 쳐다보았다. 여기는 식사를 하는 곳이 아니었다. 물론 식사를 할 만한 공간은 넘칠 정도로 있었지만 찰스 정도 되는 사람이 이런 곳에서 억지로 식사를 할 리 없었다.

"아. 미안하네. 식사를 아직 안 했다면 나가서 같이 들지."

"아뇨, 배가 고프지는 않습니다만. 여기서 식사를 하신다는 게 살짝 놀랍군요."

"식사가 아니니까 그렇지. 이 나이가 되면 간식 하나 먹으려고 내려가는 것도 고역으로 느껴진다네."

문을 열고 하녀가 공손한 태도로 인사하고 들어왔다. 수레를 밀고 접시를 덮고 있는 은색 덮개를 치우자 안에서 요리가 나타났다. 그의 재산에 비하면 검소한 단품 요리였다.

"뭡니까?"

몰라서 물은 건 아니었다. 수현은 그 요리의 생김새가 익숙했다. 이건…….

"붉은돼지버섯이네. 건강에 좋다고 하더군. 맛도 괜찮아서 강장제로 먹고 있네. 자네도 조금 들겠나?"

"괜찮습니다."

'그러고 보니…….'

건강에 민감한 회장이 이렇게 구해서 먹을 정도면 슬슬 붐이 오기 직전이라고 봐도 좋았다. 수현은 잊고 있었던 붉은돼지버섯을 떠올렸다. 지금쯤 창고에서 잘 보관되고 있을 것이다.

"내가 자네를 왜 불렀는지 아나?"

"감사 인사 때문 아닙니까?"

찰스는 입을 닦고서 빙그레 웃었다.

"감사를 하고 싶었으면 이렇게 귀찮게 불렀겠나? 나 같은

늙은이나 이렇게 얼굴을 보고 감사를 하는 걸 좋아하지, 요즘 사람들은 이런 걸 좋아하지 않잖나. 그냥 기술자를 보내주는 게 자네에게도 편했겠지. 거기에 약간의 돈까지 추가하면 더욱 좋고."

"잘 아시네요. 그걸 아시는 분이 왜?"

"크하하하하!"

예상외의 답이 들려오자 찰스는 다시 한 번 웃음을 터뜨렸다. 즐거워서 견딜 수가 없다는 표정이었다. 눈물을 살짝 흘릴 정도로 웃은 찰스는 손을 내저었다.

이렇게 그에게 부딪혀 오는 사람이 얼마 만인지 기억도 나지 않았다. 그의 위치 때문에 그를 만나는 사람은 모두 그의 앞에서 설설 기었다. 마치 오래되어서 깨지기 직전의 도자기를 대하는 것처럼.

"미안하네. 자꾸 실례를 하게 되는군. 로버트한테 많이 듣긴 했었는데 이 정도일 줄은 몰랐어."

그는 코를 풀더니 말을 이었다.

"로버트도 그렇고, 블루베어는 내 눈치를 너무 많이 봐. 내가 무슨 농담이라도 하면 받아치는 건 생각도 못 하지. 이해는 하는데 솔직히 지루하네. 그나마 나하고 상대해 주는 건 제니퍼 정도인가."

"그거야 회장님 신분 때문에 그렇죠. 그걸 갖고 불평하시다니. 밑의 사람들은 더 힘들지 않겠습니까."

수현은 쉬지도 않고 묵직하게 직구를 날려댔다. 그러나 찰스는 신경도 쓰지 않는 것 같았다. 아니, 오히려 더 좋아하는 것 같았다.

"나도 알지. 그래서 그거 가지고는 뭐라고 안 하네. 편하게 있으라고 해봤자 더 불편할 걸 아니까."

"그러면 다른 불만은 뭡니까?"

수현에게 속마음을 읽힌 찰스는 고개를 저었다. 로버트의 말 때문에 기대하기는 했지만 정말로 기대를 뛰어넘는 인물이었다.

"만난 지 얼마 되지도 않았는데, 자네가 벌써 탐나는군. 미국으로 올 생각은 없나?"

수현은 대답 대신 어깨를 으쓱거렸다.

"나중에라도 생각이 바뀌면 언제든지 말해주게. 아. 불만은……. 조금 배부른 불만으로 들릴 수도 있겠군. 블루베어는 나와 함께 성장한 회사네. 그건 알고 있지?"

"로버트한테 들었습니다."

"지금도 많은 투자를 해주고 있지. 내가 내 입으로 말하기도 뭐하지만, 나 같은 투자자도 드물어. 돈은 퍼주면서 그에 대한 결과는 요구하지도 않잖나."

"대신 다른 걸 구해오라고 하잖습니까."

"그 정도는 해야지. 사람이 다 공짜로 먹을 수는 없는 법이니까. 어쨌든, 블루베어는 좋은 회사야. 미국 내에서도 순위권에 드는 용병 회사고, 탄탄하지. 그래서 그런지……. 조금 타성에 젖은 것 같아."

"……?"

"내가 수익을 얻지 못해도 전폭적인 투자를 해준 건 한 가지 이유 때문일세. 돈은 상관없으니 카메론의 진귀한 것들을 찾아내고 발견해달라고. 그런데 요즘 보면 볼수록, 블루베어는 안전하고 보장된 일에만 뛰어들려고 있어. 이번 아티팩트 건도 내가 따로 듣지 못했다면 포기하고 넘어갔을 거야."

에우터프가 워낙 이익으로 넘치는 지역이었지만, 카메론은 넓고 넓었다. 계속해서 그 너머로 움직일 수 있었다. 그런 점에서 찰스는 블루베어에 불만을 가지고 있었다.

"뭐……. 그건 어쩔 수 없죠. 초창기도 아니고, 규모 있는 용병 회사가 매번 목숨 거는 도박에 나선다면 머지않아 공중분해 될 겁니다."

그러나 수현이 보기에 그건 어쩔 수 없는 선택이었다. 다른 사람이 본다면 수현이 했던 일들은 과감함과 정신 나간 도박의 연속이었지만, 사실 수현의 기준에서는 다 확실한 일들만 골라서 한 것이었다.

미래를 알지 못하는 한 사람은 안전한 방식을 택할 수밖에 없었다. 게다가 블루베어가 카크리타 계곡에 들어갔다가 쓴 맛을 본 게 그렇게 먼 과거의 일도 아니었다.

"문제는 내가 그런 걸 바라지 않는다는 걸세. 나는 조금 위험하더라도 블루베어가 적극적으로 나섰으면 좋겠어."

"돈 좀 주신다고 목숨 걸라고 하면 그게 통하겠습니까."

"그렇지. 그리고 블루베어는 내가 이래라저래라 하기에는 너무 커지기도 했고. 일정 수준 이상으로 간섭했다가는 서로 얼굴을 붉히게 될 거야."

"다 아시면서 왜 저한테 말하시는 겁니까?"

수현이 보기에 찰스는 늙어서 판단이 흐려진 것과는 거리가 멀었다. 이 안에 있으면서도 현재 상황과 구도를 완전하게 파악하고 있었다.

블루베어한테 그런 걸 요구해 봤자 현실적으로 통할 리 없고 관계만 파열될 거라는 걸 알고 있는 것이다. 그런 사람이 왜 수현을 불러서 하소연하는지 알 수가 없었다.

"눈치가 빠르면서 왜 이런 건 눈치를 못 채는지 모르겠군. 일부러 모르는 척하는 건가?"

"……?"

"엉클 조 컴퍼니, 정확히 말하자면 자네를 밀어주고 싶네."

"밀어준다고요?"

"전폭적으로. 아주 전폭적으로 밀어줄 수 있지."

"……."

수현은 잠시 침묵하며 찰스의 제안을 점검했다. 조금 지나고서 수현은 입을 열었다.

"별로 끌리지 않습니다만."

"이유를 말해보게."

거절했는데도 찰스는 화를 내거나 당황해하지 않았다. 그는 자신만만했다. 수현이 거절하는 이유를 그가 설득할 수 있는 것처럼.

"먼저 엉클 조 컴퍼니…… 도 그렇고, 저도 그렇고. 돈에 그렇게 쪼들리는 편은 아닙니다. 뭐, 회장님 돈에 비하면 푼돈에 불과하지만."

"돈은 많으면 많을수록 좋잖나."

"물론 그렇죠. 그런데 회장님 제안은 그냥 순수한 후원이 아니잖습니까. 그 돈을 받으면 블루베어 대신 저희가 미개척지로 가야 하는 거 아닙니까?"

"무조건 가라는 건 아닐세."

"세상에는 공짜가 없죠. 받으면 결국 그만큼의 일을 하게 된다는 게 제 지론입니다."

"으음……."

"차라리 탐험가들에게 접선해 보시죠. 실력 좋은 놈들을 후원해 준다고 하면 목숨 걸고 충성할 겁니다."

"이미 해봤지."

'역시 해봤나.'

"그렇지만 탐험가들은 미개척지를 발견하고 빠져나오는 건 잘해도 위험한 곳에 들어가서 무언가를 가져오는 것에는 영 무능하더군."

"그야 강력한 초능력자면 탐험가보다는 용병을 할 테니까요. 그게 더 안정적이고 돈이 되잖습니까."

"에잉. 요즘 젊은것들은……."

"아쉬울 거 없는 회장님께서 직접 들어가시죠."

"어허. 난 아쉬울 거 많네. 앞으로 한 세기는 더 살 거라고."

날이 선 농담을 주고받는데도 둘의 분위기는 화기애애했다.

"그리고 마지막으로, 블루베어 측도 조금 신경 쓰입니다. 그쪽 후원자를 멋대로 데리고 가면 아무리 블루베어라고 해도 웃어넘기기 힘들겠죠."

"내가 바꾸겠다는데 놈들이 무슨."

"세상일이란 게 그렇게 돌아가는 게 아니잖습니까? 회장님은 무서워서 못 건드릴 테니 비교적 만만해 보이는 우리를 미워하겠죠."

블루베어가 미워한다고 해도 두려워할 수현은 아니었지만 이유로는 적당했다. 수현은 필요하지도 않은 돈을 받고 코를

꿰일 생각은 조금도 없었다.

"대충 무슨 소리인지는 이해했네."

"그러면 기술자와 함께 훈훈하게 이별할까요?"

"잠깐. 내 반론은 듣고 가야지."

"……."

"먼저, 블루베어 측은 신경 쓸 필요가 없네. 그들의 후원을 끊을 생각은 없어. 그들의 후원은 그대로 해주고, 자네의 후원은 따로 해주게 될 거야."

수현은 다시 한 번 돈 많은 부자들의 사고방식에 감탄해야 했다. 그게 저렇게 쉽게 말할 수 있을 정도로 만만한 금액이 아닐 텐데.

"그리고 받으면 결국 그만큼의 일을 하게 된다는 건 자네가 마음만 먹는다면 얼마든지 바꿀 수 있네."

"……?"

"법적으로 효력이 있는 계약서 따위는 쓰지 않고 후원해줄 테니, 자네 알아서 하라는 소리야. 자네는 받을 만큼 받고, 하고 싶을 때 보답하면 되는 거지."

마치 꿈 같은 제안이었다. 수현은 속으로 헛웃음을 터뜨렸다. 지금 그는 왜 이런 제안을 하는지 파악하기 위해 머리를 굴리고 있었다.

'내 뒷조사를 했나 보군.'

수현은 실력과 성과에 비해 대중적으로 유명하지 않은 편이었다. 어느 정도는 수현이 유도한 면도 있었다. 유명하지 않아야 편하게 할 수 있는 것들도 있었으니까.

그렇지만 블루베어 측의 보고와 회장이 개인적으로 사람을 풀어서 뒷조사까지 했다면 수현이 했던 일들을 보고 확신을 가져도 이상할 게 없었다. 젊은 나이에 저렇게 빠르게 성장하는 인물은 카메론에서도 드물었다.

회장에게 저 정도 돈은 언제든지 쓸 수 있는 돈에 불과했고, 그런 걸 수현에게 투자한다고 해서 그가 흔들리는 건 없었다. 까놓고 말해서 수현이 아티팩트 하나만 제대로 된 걸 갖고 나와도 그는 본전을 회수하는 것이었다. 그에게 필요한 건 돈이 아니라 아티팩트였으니까.

'미국 쪽 라인은 솔직히……. 탐이 난다.'

돈보다는 미국 쪽 기술이 탐이 났다. 아티팩트 세탁도 그중 일부였다. 찰스의 후원을 받는다면 그 기술도 얻을 수 있을 것이다. 저 정도 되는 거물은 그런 신기술에도 손이 닿았다.

"제가 상당히 뻔뻔합니다."

"음. 그래도 양심 한 조각 정도는 있으리라 믿네."

두 남자는 씩 웃으며 서로의 손을 맞잡았다. 서로의 이해관계가 일치한, 즐거운 대화였다.

30장

전투 준비(1)

회장은 수현이 돌아갈 때 아예 기술자를 붙여서 돌려보냈다. 전용 차량에 전용 장비를 들고 탄 기술자는 인형처럼 무표정한 남자였다.

수현은 그가 지속적인 기억 삭제로 인한 후유증을 앓고 있다는 걸 깨달았다.

'미국 쪽 신기술이 또 뭐가 있더라…….'

미국에서 앞선 분야는 많고 많았다. 그중에서 수현이 쓸 만한 걸 찾아야 하니 문제였을 뿐. 욕심 때문에 회장과 손을 잡기로 결정했지만 많은 걸 요구할 생각은 없었다.

'욕심이 과하면 화를 부르지.'

수현이 돈을 낭비해 봤자 그에게는 푼돈이겠지만, 사람 마음이라는 게 그렇게 움직이는 게 아니었다. 정말로 필요한 게 아니면 괜히 도움을 요청하지 말아야 했다.

"내 아티팩트……."

"나중에 아티팩트 룸을 따로 만들어줄 테니 그만 징징거려."

"나중에 언제?"

"언젠가……. 내가 카메론의 왕이 되면?"

"안 해준다는 소리잖아!"

숨겨놨던 아티팩트를 꺼내오면서 수현은 루이릴과 잡담을 나누었다. 루이릴의 표정에서는 아쉬움이 당장에라도 뚝뚝 떨어질 것 같았다.

"이걸로 팀 두셋 정도는 가뿐하게 무장 가능하겠는데."

"어디서 났다고 하게?"

"이유야 쉽게 붙일 수 있지. 그리고 어차피 지금 당장 다 꺼낼 것도 아냐."

새로 만들어진 오크 팀에 아티팩트를 줄 생각은 없었다. 수현은 아직 그들을 그 정도까지 신뢰하진 않았다.

"됐어. 해독제나 줘."

"음?"

"뭐가 음이야! 이번 일이 끝나면 더 이상 중독시키지는 않겠다고 하지 않았어?"

"아. 그 소리였군. 걱정 마. 애초에 중독시키지도 않았으니까."

"……?"

"거짓말이었다고. 이제까지 믿어줘서 고마웠어."

"……?!"

루이릴은 부들부들 떨면서 수현을 손가락으로 가리켰다.

"거, 거짓말이었다고? 그러면 그 인간한테 한 건?"

"김종태? 걔한테 넣은 건 진짜 독이야. 애초에 실수 한 번 하면 그대로 죽어버리는 독을 그렇게 함부로 넣을 수 있겠어? 네가 김종태 정도로 믿기 어려운 사람도 아니고."

말은 이렇게 했지만 사실 수현이 루이릴을 중독시키지 않은 이유는 간단했다. 그 시점에서는 독공이 완성되지 않았기 때문이었다.

그 당시 수현은 바빠서 언제 어디로 움직여야 할지 모르는 상황. 괜히 귀찮은 짓을 하는 것보다는 협박을 하는 게 더 잘 통할 것이라고 생각했다. 루이릴은 충분히 그런 협박이 먹힐 엘프였다.

"이, ^$@#%^……."

"미안한데 내가 엘프어를 잘 못해도 '이 개새끼야' 정도는 알아듣거든? 그렇게 중독되지 않은 게 싫었다면 다시 중독 시켜줘?"

"아, 아니야."

루이릴은 수현이 엘프어를 알아들었다는 것에 놀라 입을 다물었다.

"어쨌든 고생 많았어. 이제 갈 길 가도 돼. 종종 마을에서 보자고."

"……."

처음에는 속았다는 것에 분통이 터졌지만, 생각해 보니 그렇게까지 화를 낼 건 아니었다. 수현의 독공을 모르는 루이릴은 그가 그녀의 목숨을 걱정해서 독을 쓰지 않았다고 생각했다. 실제로 김종태를 상대할 때는 초능력으로 독을 만들어 냈으니까.

루이릴은 뒤돌아서서 몇 걸음 가다가 멈춰서 입을 열었다.

"그 아티팩트 중에서는 순간이동 없는 거 알지?"

"그랬나? 그랬던 것 같기도 하고."

"순간이동 능력자 찾기 힘든 것도 알고?"

"알지."

"순간이동 능력자가 정말로 안 필요해? 내 도움 많이 받지 않았어?"

"필요해."

"그러면 빨리 필요하다고 말했어야지!"

"……."

루이릴은 바로 돌아서더니 당당하게 가슴을 펴고 말했다. 수현은 어이가 없어서 그녀를 빤히 쳐다보았다.

"고맙게 여기라고. 나 같은 사람 구하기 쉬울 것 같아?"

"그래. 고맙다."

태도야 어쨌든 뛰어난 순간이동 능력자에 도둑질까지 가능한 루이릴은 쓰기 좋은 인재였다. 그녀는 수현의 등을 두드리며 말했다.

"언젠가 받을 테니까, 잊지 말라고."

"뭐? 아. 아티팩트 룸……."

"농담 아니야. 정말로 받을 거야."

"장관이군."

수현의 중얼거림을 들은 이소희가 대답했다.

"고르간 대원이 많이 도와줬습니다."

"역시 같은 이종족끼리 붙여 놓는 게 좋을지도 모르겠네요. 그에 비해……."

수현은 훈련장 구석에서 혼자 빈둥거리고 있는 샤이나를 안쓰러운 눈빛으로 쳐다보았다. 루이릴은 수현 앞에서는 언제나 망가지지만 실제로는 친화력이 좋았다. 다른 대원들에게 신비한 엘프 이미지로 대접받고 있는 걸 보면 알 수 있었다. 그에 비해 샤이나는 완전히…….

이소희는 송구하다는 듯이 고개를 숙였다.

"제가 관리가 소홀한 것 같습니다."

"아니, 아니. 이소희 씨 잘못은 아니죠. 쟤가 까칠한 건 저도 알고 있으니 괜찮습니다."

훈련장에는 오크들이 구르고 있었다. 덩치 좋은 오크들이 고함과 함께 일사불란하게 움직이는 모습에는 박력이 있었다. 모고크를 필두로 오크들은 앞으로 달렸다.

"실력은 객관적으로 어떻습니까?"

"괜찮습니다. 신체 능력도 그렇고, 열망이 있어서 그런지 기술 흡수도 빨라요."

"에우터프에서는 써먹을 수 있으려나……."

수현은 턱을 긁적이며 생각에 잠겼다.

"그리고 부탁하신 것 조사해 왔습니다."

"아. 고마워요."

이소희가 건네준 서류를 받은 수현은 눈살을 찌푸렸다. 그녀에게 조사를 부탁한 건 탈주 용병들에 관련된 자료였다.

옛 가온길 2팀부터 시작해서 컨택트, 대성, 삼두룡이 일으킨 사고.

"혹시 왜 조사를 하시는지 물어봐도 되겠습니까?"

이소희는 조심스러웠다. 그녀의 성격이 잘 드러나는 부분이었다. 김창식 같았다면 바로 왜 조사하느냐고 물어봤을 것이다.

"제보를 들었습니다."

"……?"

"이들이 누명을 썼다는 제보요. 그래서 확인해 보려고 부탁드린 겁니다."

"……!"

"팀장님. 오늘치 훈련 끝났습니다."

"수고했다. 고르간."

고르간과 모고크는 고개를 꾸벅 숙이더니 수건으로 땀을 닦았다. 새로 들어온 오크 팀을 쓸 만하게 만들기 위해 가장 고생하고 있는 건 고르간이었다.

"그건 뭡니까?"

"아. 너한테는 별로 기분 좋을 자료가 아닌데. 인간들이 오크 상대로 저지른 범죄 자료다."

고르간의 얼굴이 일그러졌다. 그는 한결 낮아진 목소리로 말했다.

"제가 당한 게 아니라면 그렇게까지 신경 쓰지는 않습니다."

"신경 써도 된다. 뭘 그런 걸 숨기려고 하나. 인간들이 깽판 치고 다니는 게 몇 개인데……."

"그러면 읽어봐도 되나?"

모고크가 말하자 고르간이 그의 옆구리를 후려쳤다.

"억!"

"팀장님이다."

"……읽어봐도 되겠습니까?"

수현은 피식 웃으면서 종이를 건넸다.

"그러라고."

모고크는 종이를 멀리 떨어뜨리더니 눈을 가늘게 떴다.

"준터 마을……. 저희도 들어본 적은 있습니다."

"그래?"

들어봤다는 건 의외였다. 이종족이라고 하지만 카메론에서 그들은 딱히 강렬한 동질감을 갖고 있지 않았다.

카메론은 기술이 없다면 멀리 있는 이들과 소통하기 힘든 곳이었고 그런 곳에서 각자도생하는 이들이 서로 친하다면 그게 더 이상한 일이었다.

"용케 소식을 들었었군. 너희 마을은 꽤나 고립되어서 지냈던 걸로 기억하는데."

"예. 그래도 다른 부락과 연락 정도는 하고 지냅니다. 다른 부락에 준터 마을에서 도망쳐온 생존자가 왔었거든요."

"……?!"

수현은 놀라서 모고크를 쳐다보았다.

"생존자가 있었다고? 지금 어디에 있나?"

"그, 그건 저도 잘……. 그때 들었던 건 인간들을 조심하라는 말뿐이었습니다."

수현은 모고크의 어깨에 손을 올렸다. 그 다정한 동작에서 모고크는 이유를 알 수 없는 불길함을 느꼈다.

"찾아와."

"예?"

"봉급은 내가 몇 배로 따로 지불해 줄 테니, 당장 네 부하들 이끌고 가서 그 생존자를 찾아와!"

"……!"

"정말로 이게 그 아티팩트야?"

"미국 쪽 기술을 무시하지 말라고. 원래라면 다 바꿨을 테지만……."

미국에서 훔쳤다는 아티팩트를 따로 보관하며, 수현은 루이릴을 쳐다보았다. 루이릴은 시선을 피했다.

"그런데 이건 왜?"

"아. 쇼크 웨이브 소드."

북쪽의 하임켄 오크들이 갖고 있는 신물. 그걸 중국 정부가 훔쳤고, 그 훔친 걸 또 루이릴이 훔쳤다는 복잡한 사연을 갖고 있는 물건이었다.

"나름 오크 부족 신물인데 멋대로 외양을 바꿔버리면 좀 그렇지 않나?"

"당, 당신. 그런 걸 신경 쓰는 사람이었어?"

"물론 농담이지. 안 바꾼 건 이유가 있어."

수현은 묵직한 대검을 들고 한 번 휘둘러보았다. 파공음이 귓가에 맴돌았다.

"언젠가 써먹을 수 있을지도 모른다는 생각이 들어서."

"아티팩트를? 외양은 바꿔도 성능은 똑같잖아."

"아니, 이놈의 신분을. 알다시피 하임켄 오크들은 이걸 찾으려고 온갖 짓을 다 하고 있잖아."

부족 단위로 나뉘어서 생활하고 있는 이종족들이 많아서 착각하기 쉽지만, 인류가 도착하기 이전에도 카메론에는 도시가 있었다. 그중 하나가 북쪽 영역에 위치한 하임켄이었다. 오크들의 왕국이나 다름없는 도시. 카메론 이종족 세력 중에서는 손가락 안에 드는 세력이었다.

"중국, 러시아 측 둘 다 시치미를 딱 떼고 있으니 하임켄 오크들은 어떻게 할 수가 없겠지. 뭐, 러시아는 정말로 아무것도 안 했지만……. 어쨌든 이건 이것대로 쓸 수 있을 거야. 분명 말이지."

수현은 그렇게 말하고 쇼크 웨이브 소드를 다시 걸어놓았다. 루이릴은 수현이 들고 있는 다른 칼에 주목했다. 그녀가 못 알아볼 리 없었다. 그녀가 훔치려다가 수현과 엮이게 된, 바로 그 아티팩트 아닌가.

"그것도? 추적 위험하다며!"

"내가 그거 겁낼 처지는 아니니까. 이것도 미끼가 될 수 있어. 그러려면 겉모습을 바꾸면 안 되지."

어장검은 살아 있는 것처럼 요동치며 움직였다.

"점검은 이 정도면 됐겠지. 나가자."

다그닥, 다그닥-

"……?"

밖으로 나온 수현은 멀리서 말발굽 소리를 들은 것 같아서 고개를 갸웃거렸다.

"내가 잘못 들었나? 말발굽 소리를 들은 것 같은데."

"아니……. 나도 들었어."

루이릴은 귀를 쫑긋거리더니 수긍했다. 수현이 잘못 들은 게 아니었다.

"평양에서 어떤 미친놈이 말을 타고……."

"그대여. 오랜만이군."

"……에이다였군."

백금발 포니테일을 뒤로 넘기고, 능숙하게 말을 몰며 달려오는 엘프. 대원들은 신기하다는 듯이 그녀를 쳐다보고 있었다.

"전할 말이 있어서 찾아왔네."

"다음부터는 오토바이를 타지그래?"

"수상한 놈들이 나타났다고?"

"그렇다네. 확실한 건 아니지만, 아버지께서는 그대에게 미리 말을 해놓는 게 좋겠다더군."

응접실에 앉은 에이다는 김이 나오는 커피를 한 모금 마시더니 얼굴을 찡그리며 커피를 내려놓았다. 그걸 본 조승아는 각설탕을 건네주었다. 에이다의 표정이 다시 밝아졌다.

"좋은 징조는 아닌데."

판단력이 있는 사람은 하나의 현상을 가지고 그 이전까지의 과정과 그 이후의 결과를 도출해낼 수 있었다. 만약 그들이 잘못 본 게 아니고, 수상한 놈들이 중국 쪽 사람들이라면…….

'아메스 평야부터 시작해서 캘커타 정글지대까지. 슬슬 간을 보겠다는 건가? 확실히 그 주변이 에우터프보다 접근하기 쉽긴 한데…….'

게이트 남쪽에 위치한 에우터프는 워낙 오랜 시간 동안 한국과 미국의 지배권 아래에 있어서 드래곤 슬레이어로 흔들린다고 해도 이빨을 들이밀기 힘들었다.

그에 비해 캘커타 정글지대는 그 불친절한 환경 때문에 개발도 비교적 늦고 들어간 세력도 적은 상황. 거기에 중국 측이 지리적으로 접근하기도 좋았다.

기존의 세력을 몰아내고 자원을 차지하는 데에는 여러 가지 방법이 있었다. 수현도 그런 방면에서는 달인이었다.

'지키는 건 기껏해야 용병 회사. 한두 번 흔들고 공격해서 무너지면 어지간해서는 회복 못 하지.'

어떤 수단을 쓰든 간에 일단 기존 세력을 무너뜨린 다음 신분과 국적을 세탁한 회사로 접근하는 것이다.

박살이 난 곳은 헐값에 팔아넘길 수밖에 없었다. 수현의 예전 주 업무 중 하나가 이런 공작을 막고 카운터를 넣는 일이었다.

"교전은 없었고?"

"아버지께서는 그대와 한 약속을 어기지 않으셨네."

"그건 잘했어. 좋아. 한 번 가보자고."

"그대가 직접 오는 건가?"

"왜?"

"아니……. 만약의 경우, 단순히 착각이면……."

"착각이면 좋은 거지."

수현은 그렇게 말했지만 속으로는 전혀 그렇게 생각하지 않았다. 솔직히 부딪혀서 전력을 알아내고 싶었다. 만약 중국 정부 측 세력이면 그들의 장비는 현재 중국이 갖고 있는 가장 좋은 장비일 것이다.

수현의 눈동자가 욕망으로 뜨겁게 타올랐다.

"그러고 보니……. 이소희 씨. 진돗개 회사가 우리를 어떻게 생각하고 있을까요?"

"네?"

진돗개는 언제나 좋은 호…… 아니, 친구였다.

"그 주변에서 움직이면 부딪힐 수밖에 없을 겁니다. 미리 알려주는 게 진돗개 측에게도 도움이 되겠죠."

원한은 쉽게 사라지는 게 아니었다. 게다가 그 원한이 이익과 관련이 된 원한일 경우에는 더더욱.

중국 측은 아마 레드우드 숲에서 일어났던 패배가 진돗개 때문이라고 생각하고 있을 것이다.

'살짝 미안해지는데.'

내버려 뒀다가는 진돗개는 영문도 모른 채 두들겨 맞을 가능성이 컸다. 마음 같아서야 진돗개 측에게 위험하다는 정보가 들어왔으니 조심하라고 말해주고 그들의 전력을 끌어들이고 싶었다.

수현은 전력을 추가로 얻고, 그들은 미리 대비할 수 있으니 서로 좋은 거래였다.

문제는 진돗개가 수현을 어떻게 생각하느냐였다.

'이건 진짜 모르겠군.'

이미 최재호는 수현을 상대로 머리를 굴리다가 강인규를 뺏긴 전적이 있었다. 뒷일을 굳이 알아보지는 않았지만, 그가 그걸로 인해 좋은 말을 듣지는 못했을 것이다.

"연락해서 조심하라고 하면 오히려 의심하려나요? 역효과 날 거 같으면 그냥 내버려 두고 싶은데."

"아뇨……. 팀장님 의견이라면 귀담아들을 겁니다."

"……?"

수현은 이해가 가지 않는다는 듯이 이소희를 쳐다보았다.

"거기서요?"

"네."

"그렇게 생각하는 이유가 있습니까?"

"드래곤 슬레이어 프로젝트 때문에 도움을 받았으니 꽤나 귀담아들을 것 같습니다만……."

"아. 그걸……."

잊고 있었다. 이소희 덕분에 진돗개는 상위 팀이 끌려가서 전멸하는 상황을 피했다는 것을.

"그러면 진돗개 측에 정보 좀 흘려주실 수 있습니까? 주변에 수상한 인물이 나타났다는 정도로. 이미 한 번 데인 적이 있으니 그 정도면 충분히 반응할 겁니다."

"알겠습니다."

수현은 대원들에게 적합한 아티팩트를 들려 주고, 개발계획국 측에 계획서를 보냈다. 개발계획국 측은 수현의 팀이 진상 확인을 하기 위해 움직이는 것을 매우 꺼려 했다.

안 그래도 정부 소속 팀이 초토화가 된 상황에서 간신히 사람 구실을 하고 있는 게 수현의 팀이었는데, 괜히 확인도 되지 않는 일에 끼어드는 게 불안했던 것이다.

게다가 이미 수현은 한 번 실종되었던 전적이 있었다.

"그렇게 말리는 것보다 차라리 좋은 장비를 주시죠. 언제까지 도시에만 있을 것도 아니고. 매번 걱정된다고 발목을 잡으면 일을 어떻게 합니까?"

수현은 냉정했다. 관계자의 말을 잘라버리고 당당하게 요구했다.

"지원 가능한 건 모두 해드리고 있지 않습니까?"

"저희가 노획해서 올린 장비들 있잖습니까. 아직까지 분석을 못 끝냈다니, 솔직히 좀 실망스럽습니다."

수현의 말은 그들의 아픈 구석을 찔렀다. 수현이 예전에 그들에게 건네준 물건들(특히 그중에서도 초능력 상쇄장치)에 관한 연구는 아직도 끝나지 않았던 것이다.

그 당시 정부 소속이 아니었던 수현이 물건을 바친 이유는 하나였다.

연구가 완료됐을 경우 가장 먼저 사용할 수 있게 해달라!

수현이 무시해도 될 정도의 위치라면 그저 연구가 아직 진행 중이라고 넘겼겠지만, 수현은 이제 무시할 수 있는 위치가 아니었다.

"죄송합니다. 저희 쪽 연구진들도 최선을 다해 하고 있지만, 이게 기술이 워낙 난해한지라……."

"어쩔 수 없죠."

어차피 수현도 진심으로 기대하고 꺼낸 소리는 아니었다. 그냥 입을 다물게 하기 위해 꺼낸 소리였을 뿐. 그새 분석이 끝났다면 중국 측이 그렇게 함부로 돌리지도 않았을 것이다.

수현의 말이 효과적이었는지 개발계획국은 더 이상 수현을 말리지 못했다. 대신 가능한 지원과, 무언가 이상하다 싶을 경우에는 바로 후퇴해달라고 간곡히 부탁했다.

“말해둔 건 다 준비했나?”

“예.”

“이번 일에는 네 능력을 많이 기대하고 있다.”

“실망시켜 드리지 않겠습니다. 최선을 다하겠습니다.”

“믿음직스럽군. 이거 받아.”

“……?”

서강석은 수현이 건네준 걸 보고 뜨악한 표정을 지었다. 심플한 디자인의 보석 목걸이. 이런 걸 건네주는 이유는 하나밖에 없었다.

“마, 마음은 감사합니다만 저는…….”

“맹독을 다루는 몬스터에서 나온 핵인데, 꽤나 쓸 만하더군. 나는 별로 필요가 없는 능력이지만.”

“네?”

“뭐가 네야. 내 말 안 듣고 있었나?”

“아닙니다!”

서강석은 수현에게 들키지 않기 위해 씩씩하게 대답했다.

"주변의 독을 빨아들이는 물건이야. 독 다루는 사람한테는 꽤나 쓸 만하겠지."

"팀장님도 독을 다루시잖습니까? 게다가 해독 효과가 있다면 저보다는 팀장님이 쓰시는 게……."

"됐어. 난 없어도 된다."

수현은 독공 때문에 그렇게 말한 것이었지만 서강석은 감격한 표정이었다. 저런 모습은 카메론에서 흔히 볼 수 없는 모습이었다.

보통 상위 팀의 팀장일수록 강력한 초능력자였고 그런 사람은 대부분 이기적이었다. 그리고 또 그런 모습이 권장되었다. 회사 차원에서도 귀중한 인재가 앞장을 서다가 사라지기를 원하지는 않았으니까.

그들은 대체로 너무하다 싶을 정도로 몸을 사렸고 위험한 곳이 있으면 먼저 다른 팀원들을 보내 확인을 했다. 그에 비해 수현은 정반대였다.

초능력을 흡수하는 구슬에 비해, 인면지주의 핵은 훨씬 파악하기 쉬웠다. 다른 것들은 내버려 뒀지만 독을 주변에 떨어뜨리면 빨아들이는 것이다.

'이거 비싸게 팔리겠는걸.'

특이한 걸 좋아하는 카메론의 부호들에게 이런 실용적인

성능까지 갖고 있는 물건은 부르는 게 값이었다. 물론 수현은 이걸 팔 생각이 없었다.

"그런데 정말로 괜찮겠습니까?"

"괜찮아. 안 걸리면 그만이야."

어디서 갖고 왔는지, 수현은 금지되어 더 이상 팔리지 않는 독들도 갖고 왔다. 짐승과 몬스터 상대로 놓는 함정과 인간 상대로 놓는 함정은 통하는 부분이 있었다. 그런 면에서 서강석은 뛰어난 인재였다.

'이런 걸 할 줄 아는 사람이 있으면 편하지.'

팀원들은 군인 출신이었지 사냥꾼 출신이 아니었기에 이런 작업은 수현이 전부 해야 했었다.

-크르릉!

포슈칸 호랑이는 기세 좋게 울부짖었다. 몬스터는 몬스터인지, 얼마나 지났다고 덩치가 거의 성체에 가깝게 자라 있었다.

정부 측의 검사와 허락을 받은 후 포슈칸 호랑이는 엉클조 컴퍼니의 부지 내에서 지내고 있었다. 엄중한 관리를 받고 있었지만 놈은 결국 몬스터였고 사람들 대부분이 놈을 피했다. 샤이나만이 포슈칸 호랑이를 친근하게 대했다.

덕분인지 놈은 샤이나를 꽤나 따르고 있었다. 수현이 다가오자 놈은 자세를 낮추며 으르렁거렸다. 수현은 노려보는 놈의 눈빛을 피하지 않고 마주 봤다.

–크르릉…….

포슈칸 호랑이는 잠시 후 고개를 숙이고 꼬리를 흔들었다. 한 번 각인된 패배감은 쉽게 사라지는 게 아니었다. 수현은 놈의 머리를 툭툭 치며 옆에 앉아 있는 샤이나에게 물었다.

“이거 말은 제대로 듣나?”

“응. 나름 하라는 건 다 해.”

“그보다 용케 몬스터를 안 피하는군.”

“위험하지 않으면 피할 이유가 없잖아?”

대원들이야 인간이니 그렇다 쳐도, 다른 이종족들도 포슈칸 호랑이에게 다가가지는 않았다. 루이릴이나 고르간, 모고크도 놈을 보면 질색해서 물러났던 것이다.

“기를 수 있는 몬스터는 잡아서 기르니까.”

“아. 그랬었지.”

다크 엘프들 중에서는 몬스터를 길러서 전투에 쓰는 이들도 있었다. 기억을 떠올린 수현은 고개를 끄덕였다. 그걸 본 샤이나는 신기하다는 듯이 물었다.

“어떻게 알아?”

"소문으로 들었어. 그보다 이번 일에 저놈을 쓸 수 있나?"

수현이 손가락으로 가리키자 놈이 몸을 움찔했다. 샤이나는 포슈칸 호랑이의 털을 쓰다듬으며 고개를 갸웃거렸다.

"아마? 어느 정도로 쓸 수 있어야 하는데?"

"가라는 곳으로 가고 물라는 놈 정도만 물을 수 있으면 충분해."

"가져와!"

"개도 아니고 몬스터한테 그런 게……."

샤이나가 공을 던지는 것을 보고 수현이 어이가 없다는 듯이 말했다. 그러나 포슈칸 호랑이는 몸을 벌떡 일으키더니 달려가서 공을 물어왔다.

"……."

"괜찮을 것 같은데."

"저거 몬스터 맞냐?"

말에, 호랑이에, 파워 아머와 기타 운송 장비까지. 기묘한 조합의 팀이었다. 이대로 평양의 대로를 걸으면 수많은 사람의 주목을 한 번에 받을 수 있을 것이다. 수현은 밤을 택해서 출발했다.

오랜만에 앉은 흑곰의 운전석은 감회가 새로웠다.

'이 저주받은 물건을 또 타게 되다니…….'

흑곰이 현역에서 퇴출당하고 나서 다시는 저걸 타지 않겠다고 다짐했던 게 어제 일 같았다.

정부에게 지원을 요청해도 되고, 찰스에게 지원을 요청해도 되고, 그도 아니면 수현의 돈으로 파워 아머를 사도 됐지만 수현은 굳이 흑곰 파워 아머를 끌고 왔다.

시험해 보고 싶은 게 있었던 것이다.

'누군지는 몰라도 중국 쪽 관계자면 군침을 흘리겠지.'

흑곰 파워 아머는 한국 측에서 개발 중인 신형 파워 아머. 수현이 중국 측 신기술에 관심이 많았듯이 중국 측도 한국의 신기술에 관심이 많았다. 흑곰 파워 아머를 이런 곳에서 발견한다면 일단 관심을 보일 가능성이 높았다.

'물론 개쓰레기지만…….'

그렇지만 당사자들도 모르는 문제점을 중국 측에서 알 리 없었다. 그들 입장에서 흑곰은 신비의 신형 파워 아머였다.

"오랜만이군. 잘 지냈나?"

마중을 나온 건 에단이었다. 그는 대형 오토바이를 타고서, 말에 탄 다른 엘프들과 함께 수현을 기다리고 있었다. 파워 아머 콕핏에 앉은 수현을 올려다보며 그는 입을 열었다.

"장관이군. 하나 갖고 싶은데."

"구하는 것보다는 유지하고 모는 게 귀찮을 겁니다."

가볍게 땅에 착지하고 나서 수현은 대원들에게 신호했다. 따라오라는 뜻이었다. 뒤에서 그들이 따라오는 동안, 수현은 앞에서 에단과 이야기를 나누었다.

"그런데 이렇게 와도 괜찮은 건가?"

에단은 수현이 인간들 사이에서 꽤나 중요한 위치를 차지하고 있다는 걸 알고 있었다. 확실하지도 않은 정보 때문에 이렇게 팀을 끌고 올 거라고는 예상하지 못했었다.

"냄새가 나면 거의 뭐가 있기 마련이죠. 이 주변 엘프들이 바보도 아니고, 상황도 그렇고……. 괜히 뒤늦게 왔다가 놓치는 것보다는 확실히 하는 게 좋습니다."

"나야 고마울 뿐이지."

"그런데 저 파워 아머는?"

수현이 끌고 온 흑곰 파워 아머는 주인도 없이 덩그러니 들판에 서 있었다. 대원들은 그걸 가지고 올 생각도 하지 않고 수현의 뒤를 따라오고 있었다.

"저대로 내버려 두시죠."

"정말로 괜찮나?"

"여기서 저걸 누가 훔쳐가기라도 하겠습니까?"

"그렇긴 한데……."

자동차나 오토바이도 아니고, 파워 아머 정도 되는 걸 누가 훔쳐서 갈 수는 없을 것이다. 게다가 여기는 도시도 아니고 사방이 트인 평야 아닌가.

"마을 안에 쉴 곳을 마련해 뒀네. 일단 가서 쉬고……."

"좋네요. 팀원들은 그쪽으로 안내해 주시고, 수상한 사람을 본 곳을 말해주시죠."

"안 쉬나?"

"쉬는 건 나중에 해도 되죠. 따라와. 덫 좀 깔고 오자."

"예!"

수현은 서강석과 함께 엘프들이 수상한 사람을 발견했다는 곳으로 움직였다. 에단이 직접 그들을 안내했다.

"이거 또……."

"왜 그러십니까?"

"정글지대 주변이잖아. 점점 수상해지는데."

지역 중에서도 침입자들이 숨기 좋은 지역이 있고, 숨기 어려운 지역이 있었다. 캘커타 정글지대는 전형적인 전자였다. 이 주변에서 발견한 거라면 우연이나 착각이 아닐 가능성이 더 높아졌다.

수현은 주변을 둘러보았다.

'어쩌면 감시당하고 있을지도 모르겠군.'

엘프들에게 발견되었다는 것도 조금 의심스러웠다. 엘프들의 전투력을 무시하는 건 아니었지만, 그들은 어디까지나

비전문가였다. 마음만 먹는다면 들키지 않게 움직일 수 있었다.

'천천히 불안감을 조성하고, 거기에 몇몇 곳에 테러를 일으킨 다음 접촉을 해서 압박을 주는 건가…….'

앞으로 어떻게 움직일지 손에 잡힐 듯이 그려졌다. 이 엘프 마을을 먼저 손에 넣고 나서 차근차근 범위를 확장해 나가는 것.

"설치할까요?"

"해봐. 너무 공들이지는 말고."

"……?"

서강석은 수현의 말을 이해하지 못하고 되물었다.

"너무 공들이지 말라는 말씀이십니까?"

"한둘일 때나 의미가 있지, 여럿이면 크게 의미가 없을 거다."

게다가 이 주변을 감시하고 있다면 더더욱. 서강석은 일단 최선을 다해 함정을 설치하기 시작했다.

"잠깐. 더 티 나게 설치해."

"예??"

원래라면 빛이 반사되어 들키지 않도록 칠을 한 선을 사용했지만, 수현은 대놓고 반짝이는 선을 쓰도록 명령했다. 그 모습에 에단도 이해가 가지 않는다는 표정을 지었다.

"왜 이러는지 물어봐도 되겠나?"

"똑똑한 놈들을 낚을 때는 미끼 하나 갖고는 안 되니까……."

작업을 하려는 엘프 마을에 용병팀이 도착했다. 과연 그들은 어떻게 반응할까? 물러설까, 아니면 만만하게 보고 공격할까. 수현은 그들이 후자를 선택해 주기를 원했다.

'자신감 넘치는 놈들한테 일개 용병팀은 만만하게 보이겠지.'

국가의 지원을 받으면서 일을 하는 이들에게 일개 용병팀은 솔직히 만만하게 보일 수밖에 없었다. 그리고 실제로 수현이 그런 걸 유도한 거기도 했고.

신생 회사라는 배경에 숨고, 진돗개의 이름 뒤에 숨고……. 최대한 오래 써먹기 위해 신분을 숨기고 있었지만 이것도 곧 한계가 올 것이다.

'낭중지추는 어쩔 수 없나.'

이미 알 사람들은 다 아는 상황. 몇 번만 활약해도 바로 수면 위로 드러날 게 분명했다. 그 전에 본전을 뽑고 싶었다.

이번 상황이 바로 그런 상황이었다.

"용병들인데요? 함정을 설치합니다."

"엘프 놈들이 불렀나?"

"그런 것 같은데요."

"같잖은 짓을……."

"어떻게 할까요?"

"어느 용병 회사야?"

"데이터베이스에는 안 나옵니다만."

"별거 아닌 놈들인 모양이군."

한국, 미국 영역에서 활동할 때에는 그들의 군대보다 더 신경 써야 할 게 용병 회사였다. 잘 갖춰진 전력의 대형 용병 회사는 군대와 맞먹는다고 봐도 좋았다. 얕볼 상대가 아니었다.

그러나 데이터베이스에 없는 놈들이라면 별거 아닌 놈들이었다. 우후죽순처럼 쏟아져 나오는 용병 회사 중 하나임이 분명했다.

"함정부터 확인하고 장비 준비해라. 엘프 놈들이 부른 놈들이면 곧 밖으로 나오겠지."

위협적인 분위기를 조성한 후 다른 회사를 통해 접촉해서 계약을 하려고 했는데, 불안감을 느낀 엘프들이 괜한 짓을 한 모양이었다.

"칩니까?"

"그래. 부른 놈들이 다 죽어 나가면 더 겁을 먹겠지. 오히려 잘됐다."

"함정은 어떻게 하죠?"

"어떤 함정인데?"

"몬스터용 함정입니다. 사냥꾼 출신이 있나 본데요. 처리를 제대로 안 한 걸 보니 대인용 함정은 아닙니다."

"그러면 그냥 내버려 둬. 괜히 겁먹게 하지는 말자고."

"으. 더럽게 건강한 맛인데."

"불평하지 말고 먹어. 나는 여기서 팀장님이랑 더 맛없는 식사도 했었다."

대원이 중얼거리는 말에 김창식이 타박했다. 실제로 엘프들이 제공해 준 식사는 그들의 취향이 반영된 걸 제외하고서는 영양학적으로 매우 건강한 식사였다. 인간들을 대접하기 위해 그들이 미리 준비한 것이었다. 물론, 맛은 신경 쓰지 않았지만.

"팀장님이랑 온 적이 있었어요?"

'아차.'

이 인간들한테 트롤의 피로 부가 수입을 올렸다는 소리를 해서 좋을 게 없었다. 만만찮게 뜯길 게 분명했다.

"예, 예전에 정찰로……."

"언제 그랬었지?"

"그런 적이 있나?"

'이 눈치 빠른 자식들.'

김창식은 화제를 바꾸기 위해 노력했다.

"식사 이야기는 됐고. 빨리 먹고 일이나 하러 가자고. 팀장님은 벌써 돌아다니신다고."

"지치지도 않나?"

대원들이 그러는 동안, 수현은 야트막한 언덕 위에 올라가 눈을 감고 있었다. 망원경은 쓸 필요 없었다. 지금 그는 원견으로 주변에서 쓸 만한 지형을 찾고 있었다. 낮에는 서로 방심하기 마련이었다.

'찾았다.'

상대방은 설마 원견 같은 초능력으로 그들을 찾을 거라고는 예상 못 한 모양이었다. 정글지대의 안쪽에 그럴듯하게 위장된 임시 기지가 보였다.

'여섯 명. 저 인원이 다일 리는 없겠고. 스텔스 장비에…….'

스텔스 장비는 이미 예측하고 있었다. 이런 부류의 공작을 하는 이들에게는 매우 필수적인 장비였으니까. 그러나 정체를 알 수 없는 물건이 눈에 들어왔다.

'……?'

검은색으로 칠해진, 묵직해 보이는 금속 상자. 초능력 상쇄 장치는 아니었다. 전투원들이 조심스럽게 다루는 걸 보니 중요한 물건이라는 감이 왔다.

'뭐지? 중국 정부 측에서 더 나올 신기술이 있었나?'

수현은 살짝 혼란스러워졌다. 그는 나름 중국 측이 비밀리에 개발한 신기술을 대략적으로 다 알고 있다는 자부심이 있었다. 그가 상대한 팀이 한두 개가 아니었다. 게다가 시점은 훨씬 뒤.

'중국 쪽이 아닌가? 아니……. 장비는 중국 쪽 장비 맞는데?'

그렇다면 진짜로 그가 모르는 신기술이란 말인가? 수현은 혼란스러운 와중에도 그들의 움직임을 면밀히 관찰했다. 보아하니 저 장치를 쓰려는 것 같았다.

'쫓아가서 뺏어봐야겠군.'

수현은 뒤에서 들리는 소리에 고개를 돌렸다. 식사를 마친 대원들이 그가 지시한 일을 하기 위해 나오고 있었다.

수현의 지시는 간단했다. 뭉쳐서 주변을 돌아다녀라. 공격을 바로 받을 거라 생각하지는 않았지만 상대를 자극하고 싶었다.

"나는 왜?"

"다크 엘프가 끼어 있는 거 보면 괜히 의심할 수도 있어. 루이릴까지야 엘프니 괜찮다지만. 게다가 몬스터까지 데리고 있잖아. 마을 안에서 기다리고 있어."

샤이나는 시무룩해져서 마을 안에 있었지만, 다른 이들은 파워 아머와 함께 돌아다니고 있었다. 상대를 확인하니 역시 그런 움직임을 아주 잘 관찰하고 있었다.

'반응이……. 흑곰을 알아보는군.'

"파워 아머가 있는데요."

"한두 대 있어 봤자지. 끌어들여서 폭탄으로 날려 버려. 한두 번 해봤나?"

"그게 아니라, 한국군에서 개발 중인 모델 같습니다. 흑곰 파워 아머 있잖습니까."

"뭐? 진짜로?"

중국 팀의 대장은 망원경을 건네받고 초점을 맞췄다. 부하의 말대로였다. 용병들 사이에서 움직이고 있는 건 분명 언론에서 공개된 흑곰 파워 아머의 모습이었다.

그들은 한국군 측의 무기 개발에도 관심이 많았다. 특히 파워 아머는 더욱. 알아보지 못할 리 없었다.

"저걸 어떻게 저놈들이 들고 있지?"

"개발 도중에는 폐기 모델도 많이 나오니 그 명목으로 빼돌린 거 아닐까요?"

"말이 되는 소리를 해라. 아무리 돈이면 다 된다지만 군에서 개발하는 전용 파워 아머를 돈으로 빼돌릴 수 있을 것 같냐?"

대장의 지적에 대원은 부끄럽다는 듯이 고개를 숙였다. 그는 방금 그가 진실을 맞췄다는 것을 알지 못했다.

"엘프 놈들만 겁주면 되는 줄 알았는데, 이거 예상외군. 저건 나포한다."

"예!"

그들은 그들이 누군가에게 유도당하고 있다고는 상상치도 못했다.

"귀찮군. 귀찮아."

"그냥 먼저 찾아서 선공해도 되지 않아?"

루이릴은 이해가 가지 않는다는 듯이 물었다. 그녀는 수현의 초능력을 어렴풋이 알고 있었다. 저 정도면 혼자서 학살이 가능한 수준이었다.

"갖고 싶은 게 있어서."

먼저 공격해 들어갔다가는 발각이 될 것이고, 그러면 맞서 싸우기 위해 나온 이들과 교전이 벌어질 것이다. 거기서 수현이 본 실력을 드러내면 뒤에 있던 이들은 상황을 깨닫고 갖고 있는 것들을 모조리 부수고 도망치겠지.

'욕심이 많으면 힘들단 말이지.'

"이거. 기억해 둬. 꼭 갖고 와."

"……."

노골적으로 사람을 부려먹는 수현의 모습에 루이릴은 떨떠름한 표정으로 고개를 끄덕였다.

"하기 싫으면 내가 할까?"

"아니, 넌 안에 있어. 여기에 적합한 건 순간이동 능력이니까."

샤이나는 말을 꺼냈다가 거절당하자 다시 시무룩해졌다. 수현은 그녀의 어깨를 툭툭 치며 말했다.

"나중에 일하게 해줄게. 지금은 상황이 조금 그렇다."

주기적으로 대원들을 똑같은 경로로 순찰하게 시켰다. 이제 그들도 슬슬 계획을 짰을 것이다. 언제 일이 터져도 이상할 게 없었다.

'없군.'

기지의 인원이 전부 사라져 있었다. 순찰 경로로 이동해

작전을 준비하고 있는 게 분명했다.

"가자! 사냥 시간이다!"

수현의 외침에 대원들은 굳은 표정으로 고개를 끄덕였다. 며칠간의 평화로운 순찰로 인해 지루해진 참이었다.

그들 스스로도 그들의 성과를 확인해 보고 싶어 했다. 평소에 그렇게 굴려졌으니 당연한 마음가짐이었다.

평야에서 파워 아머 상대로 기습을 시도하는 바보는 없었다. 작전은 이들이 숲에 들어서는 순간 시작될 것이다.

'어떻게 시작하려나?'

수현은 호기심 가득한 시선으로 숲 안쪽을 쳐다보았다. 순찰 경로에 이 숲을 넣은 건 그들이 공격하라고 넣은 것이었다. 빈틈이 없으면 괜히 다른 식으로 공격할 수도 있었으니까.

저격은 의미가 없었다. 수현의 염동력을 뚫을 수 없을 것이다. 적 부대원들이 나타나 초능력으로 전면전을 시도하는 것도 가능성이 희박했다. 파워 아머가 있는 상황에서 그랬다가는 피해가 커졌다.

'발을 묶어야 할 텐데. 뭐하는 거냐?'

공격해야 할 놈들이 공격하지 않자, 오히려 기다리는 사람이 초조해졌다. 수현은 빨리 공격을 하라고 속으로 그들을 재촉했다.

쿵, 쿵, 쿵, 쿵-

"……?"

멀리서 들려오는 소리. 몬스터들이 거칠게 움직일 때 나는 소리였다. 수현은 소리만으로 놈들의 숫자가 꽤 된다는 걸 깨달았다. 이 주변의 숲에서, 저렇게 무리 생활을 하며 빠르게 움직이는 놈은……?

'아메스 랩터?!'

수현의 머릿속이 빠르게 돌아갔다. 이 주변에서 아메스 랩터를 그가 박멸시킨 지 시간이 꽤나 흘렀다.

이제 와서 다시 나타난다고 해도 이상할 건 없었다. 그러나 이 상황에서 갑자기 나타난 몬스터 떼는 지나치게 작위적이었다.

"팀장님, 공격합니까?"

출발하기 전에 습격자들과 싸운다고 수현에게 미리 말을 들은 대원들은 조심스러웠다. 몬스터를 두려워하는 건 아니었다. 그들은 이제 아메스 랩터 떼를 만난다고 두려움에 빠지기에는 너무 많은 일을 겪었다.

"기다려라. 어차피 저건 파워 아머 하나로도 잡을 수 있는 놈들이다. 진짜는…….”

수현은 공기 중에 독을 풀기 시작했다. 독공이 있으면 굳이 독을 풀기 위해 바람을 다루는 아티팩트를 착용할 필요가 없었다.

“커헉!”

“크허헉!”

비명과 함께 피를 토하며 허공이 꿈틀거렸다. 스텔스 슈트를 입고 달려들던 이들이 쓰러진 것이다.

“이거지.”

대원들은 바로 반응했다. 수현은 그들에게 사용하기 어려운 아티팩트를 주지 않았다. 간단하고 무난하지만 성능은 확실한 아티팩트. 그게 평소 대원들의 방식에 맞는 아티팩트였다.

그러나 굳이 화염의 구나 번개의 창을 쓰지 않아도 싸움은 일방적이었다. 이미 수현이 뿌린 독 때문에 절반이 전투 불능 상태에 빠져 버린 것이었다.

대인전에서 독은 이래서 무서웠다. 수현처럼 독공을 익히지 않은 사람이라도 독을 다룰 수 있다면 어떤 강력한 초능력자도 죽일 수 있는 가능성이 있는 것이다.

“뭐……?”

습격자들을 이끄는 대장은 당황스러움으로 얼굴이 굳었

다. 그가 잘못한 건 아니었다. 그들은 지금 적이 지키고 있는 곳으로 들어간 게 아니라, 그들이 대기하고 있는 곳으로 적을 끌어들인 것이었다.

이런 상황에서는 독이 있을 수가 없었다. 독은 아군이 있을 때 살포하는 데 오랜 시간이 필요했다.

"으음……."

살짝 당황한 건 수현도 마찬가지였다. 지금 상황은 기껏 준비한 게 허무하게 느껴질 정도였다. 적이 무엇을 준비했을지 몰라 만약의 만약을 대비했는데. 흑곰 파워 아머는 적이 나포했을 경우를 대비해서 자폭까지 준비를 해놨었다.

그런데 이 상황은…….

'이렇게 쉬운 놈들이었나?'

준비에 준비를 하는 게 수현의 스타일이었다. 예전의 그는 절대적인 강자가 아니었으니 그럴 수밖에 없었다. 특히 중국쪽 부대는 운이 없었다면 그가 당했을 뻔한 적도 몇 번 있었으니 더더욱 그랬다.

"커헉, 커헉!"

호흡에 곤란을 느낀 전투원 중 하나가 마스크를 벗고 신음했다. 스텔스 슈트에는 기본적인 해독 기능이 달려 있었다. 그러나 수현의 합성 독은 해독하지 못했다.

놈들의 대장이 몸을 돌려 도망치려 했다. 수현은 반사적으로 염동력을 사용했다. 그는 버둥거리며 앞으로 넘어졌다.

랩터 떼가 도착하기도 전에 상황이 정리되어 버렸다. 흉포하게 울부짖으며 달려들던 랩터들은 파워 아머의 총탄에 그대로 찢겨나갔다.

"팀장님?"

"어? 어. 놈들 붙잡고……. 처리하자고. 도망치는 놈들 없도록 해."

가장 뒤에 있던 대장이 잡힌 상황에서 도망친 이들은 없었다. 루이릴이 검은색 금속 상자를 들고 올 때까지도 수현은 생각에 잠겨 있었다. 대원들만 바쁘게 움직일 뿐이었다.

"갖고 왔어."

"……."

"갖고! 왔어!"

"아. 깜짝이야."

"무슨 생각을 그렇게 하는 거야? 시킨 대로 했어. 여기."

거슬리는 진동음을 내는 장치. 수현은 금세 장치의 전원을 찾을 수 있었다. 일단 전원을 내리고 나서, 수현은 쓰러진 적들을 다시 한 번 둘러보았다.

"내가 아직도 적응을 못 했을 줄은 몰랐는데 말이지……."

"무슨 뜬금없는 소리야?"

"아냐, 아무것도. 수고했어."

이 장치가 어떤 물건인지는 적들을 심문하지 않아도 짐작이 갔다. 전에 소문으로 들은 적이 있었다. 개발 도중에 너무 부작용이 많아서 결국 폐기되었다는 실험.

몬스터 조종 실험이었다.

카메론에서 몬스터는 영원한 숙제였다. 몬스터만 없었다면 인류는 벌써 카메론 전역에 진출했을 것이다.

게이트가 생기고 나서 카메론에 들어온 인류의 역사는 몬스터와 투쟁이었다.

'프로토타입을 쓴 건가?'

몬스터를 조종하는 건 한때 유행했던 이론이었다. 성과가 나오지 않고 실패 사례만 쏟아져 나와 폐기되었지만, 몬스터를 조종해서 몬스터와 싸우게 만든다는 발상 자체는 매력적이었다.

'완성형 같지는 않고…….'

수현은 손을 뻗어 독을 회수했다. 푸른빛으로 변한 얼굴들이 순식간에 제 색깔을 되찾았다.

"너, 넌 누구냐?"

무리의 대장은 경악한 목소리로 중얼거렸다. 이건 정말로 예상치 못한 상황이었다.

패배하더라도 정도가 있었다. 한 번 제대로 붙어보지도 못

하고 전원이 중독당해서 쓰러지다니. 너무 어이가 없어서 말도 나오지 않았다.

"질문은 내가 한다. 이건 뭐하는 장비지?"

"……."

"서로 좋게 가지? 네가 입 다문다고 해도 딱히 달라지는 건 없는데."

그는 매몰차게 고개를 돌렸다. 수현은 어깨를 으쓱거리며 자리에서 일어섰다.

"정리 다 됐나?"

"예!"

"좋아. 놈들 챙겨라. 마을로 돌아간다."

에단은 전율했다. 온 지 얼마 안 되어서 습격자들을 전부 잡아버린 것도 놀라웠지만, 그가 전율한 건 엉클 조 컴퍼니의 모습 때문이었다.

그들의 모습은 전투가 있었다고는 믿기 힘들 정도로 멀쩡해 보였다.

"그러면 공간 좀 빌리겠습니다."

수현은 있었던 상황을 설명해 주고 잡은 포로들을 끌고 갔다. 마을에서 그들에게 내준 곳에는 샤이나가 포슈칸 호랑이를 달래며 기다리고 있었다.

"왜 그래?"

"갑자기 날뛰려고 해서……. 일은 잘 끝난 거지?"

"너무 쉽게 끝나서 문제지. 그보다 갑자기 날뛰려고 했다고?"

"지금은 진정시켰어. 위험할 정도는 아니고!"

샤이나는 수현이 포슈칸 호랑이에게 안 좋은 인식을 가질까 황급히 뒷말을 덧붙였다. 그러나 수현은 딱히 포슈칸 호랑이에게 안 좋은 인식을 갖고 있지 않았다.

"어떻게 행동했는데? 자세히 말해봐."

"내가 가만히 있으라고 하는데도 자꾸 숲 쪽으로 가려고 하더라고. 계속 그르렁대면서."

"사정거리가 생각보다 되는군."

멀리서 몬스터 조종 장치가 만들어낸 음파를 듣고 자극을 받아 움직이려고 한 게 분명했다. 거리가 먼 것도 있겠지만, 생각보다 샤이나가 놈에 대한 통제력이 있었다.

먼 훗날에도 완성형이 없는데 지금 조종 장치가 완벽할 거라고는 생각되지 않았다. 수현은 아마 이 장치가 몬스터를 조종하는 게 아니라, 몬스터를 불러 모으는 게 아닐까 추측했다. 그 정도라면 충분히 가능할 것이다.

"준비 다 했습니다."

"그래. 시작해 보자고."

포로들은 모두 사지를 묶고 시각과 청각을 차단시켜 놓은 상태였다. 초능력자에 대한 완벽한 대응은 아니었지만, 수현은 그들을 전부 시야 안에 두고 있었다. 허튼짓을 한다면 바로 목을 꺾어놓는 게 가능했다.

팍!

안대를 벗기자 남자는 얼굴을 찡그렸다. 그들이 잡혔다는 건 이미 알고 있었다. 끌려오는 동안 각오를 다졌다. 절대로 불지 않겠다.

"헉!"

그러나 눈앞에 나타난 건 심문자들이 아닌, 으르렁대며 침을 흘리는 포슈칸 호랑이였다. 그는 기겁해서 뒤로 물러서려 했다.

"어허. 참아. 참아."

"이게 뭔?!"

"몬스터 유도 장치 같은 걸 쓰면서 왜 몬스터를 보고 놀라나?"

"……!!"

남자는 당황한 표정으로 묶여 있는 동료들에게 시선을 돌렸다. 그러나 그들은 상황을 알지 못했다.

'누가 벌써 말을 했나?!'

'제대로 짚었군.'

사람이라는 건 의외로 약한 생물이었다. 중국 쪽에서는 이런 식의 비공식 팀을 부릴 때 강하게 정신 교육을 시키지만 모두가 철인처럼 단단하게 살 수 있는 건 아니었다. 흔들다 보면 무너지는 놈들이 나왔다.

수현이 벌써 그들에 대해 알고 있는 것 같자, 남자는 혼란에 빠졌다. 동료 중 한 명이 먼저 자백한 것 같은 느낌이 들었다.

"간단하게 설명해 주지. 네 친구가 먼저 불었다. 그런데 난 그 친구가 다 분 건지 확신이 안 서. 일단 목숨만 부지하려고 몇 개만 말한 다음 나머지는 숨겼을 수도 있잖아? 그러니까 이렇게 하는 거야. 네가 아는 걸 다 말해봐라. 네 친구보다 많이 알면, 넌 산다. 적게 말하면? 얘 먹잇감이 되는 거야."

포슈칸 호랑이가 얼굴 앞에서 내뿜는 숨은 어지간한 고문 도구보다 효과적인 힘을 발휘했다. 놈이 낮게 그르릉 거리는 소리는 남자의 몸을 얼어붙게 만들었다.

"적, 적게 말해도요?"

"최선을 다해봐. 넌 그나마 나은 거야. 이건 뒤 순서로 가면 갈수록 살기 힘들어지거든."

"……!"

저런 놈들을 구슬리는 건 너무 손쉬운 일이었다. 수현은 얼마 지나지 않아서 그들이 바닥까지 털어놓는 걸 들을 수 있었다.

'별로 새로운 건 없군.'

이 장치에 대해서 자세한 걸 알 거라고는 기대하지 않았다. 그들은 어디까지나 일선에서 움직이는 장기 말이지, 이걸 직접 개발한 이들이 아니었다.

주변에 있는 몬스터를 확인하고 작동시키면 놈들이 이 장치 주변으로 몰려온다. 그들은 그 이상으로 알지 못했다. 수현은 턱에 손을 괴며 생각에 잠겼다.

'프로토타입 같긴 한데, 실전에서 실험도 겸한 건가…….'

이 주변에서 얼쩡거린 이유는 예상했던 대로였다. 위협적인 분위기를 조성한 후 다른 회사로 강제적인 계약 체결. 내버려 뒀다면 이 마을을 시작으로 주변에 더 작업이 들어갔을 것이 분명했다.

"잠깐. 초능력 상쇄 장치는 왜 안 썼지?"

'이 자식 대체 어디까지 알고 있는 거야?'

수현의 질문에 이를 악물고, 남자는 대답했다. 이미 말을 한 이상 이런 것에 대답한다고 해도 달라지는 건 없었다.

"그랬다가는 우리 쪽 초능력자들이 능력을 못 쓰니 어쩔 수 없었다."

"아. 그런 이유였어?"

수현의 말은 꼭 비웃음처럼 들렸다. 그 정도 초능력을 쓰려고 장치를 키지 않다니.

상대방의 초능력 전력보다 그들의 초능력 전력이 더 우위일 거라고 생각해서 그렇게 한 것이 분명했다. 물론 완전한 오판이었지만.

'이놈들은 왜 이렇게 약하지? 예전에 만났던 놈들은 이러지 않았는데.'

그들이 수현의 속마음을 들었다면 억울해서 피를 토했을 것이다. 상황도 상황이었지만 그들을 일시에 제압한 수현의 능력이 대단한 것이지 그들의 초능력이 부족한 건 아니었다. 아무한테나 이런 임무를 맡기지는 않았다.

파워 아머에 최대한 접근해서 일격에 날려 버리려고 했던 것이 패인이었다. 예상치도 못한 독에 그대로 당해 버린 것이다.

'자. 이제 어떻게 할까.'

일단 일차적으로는 막은 것 같았다. 중국 쪽에 이 실패가 들어가고 이후 계획이 세워지려면 꽤나 시간이 걸릴 것이다. 그때까지는 이 주변을 걱정하지 않아도 됐다.

수현은 몬스터 유도 장치를 만지작거렸다. 흥미가 생기긴 했다. 문제는…….

'그대로 신고하면 이걸 정부에 바쳐야 한다는 거지.'

신고 자체는 피할 수 없었다. 개발계획국과의 관계도 관계지만 그냥 넘어간다면 이 주변 엘프들이 불안해할 것이다. 정부에 신고를 해서 이 주변에 예방책을 세워야 했다.

이전에는 엘프들이 도움을 요청해 봤자 이익적인 측면에서 접근할 게 뻔했기에 엘프들이 꺼렸지만, 이제는 상황이 달라졌다. 내버려 두면 중국 쪽에 넘어갈 것이 뻔하니 정부 쪽에서도 어떻게든 나설 것이다.

그러나 사실 그대로 신고를 하면 이 장치도 바쳐야 했다. 예전에 스텔스 슈트나 초능력 상쇄 장치를 바쳤듯이.

수현은 그들의 분석 능력에 회의적이었다. 이걸 가져가서 테스트하고 완벽하게 되기 전까지는 그에게 넘겨주지 않을 텐데, 지금 바쳤다가는 초능력 상쇄 장치처럼 몇 년을 기약 없이 기다려야 할 가능성이 컸다.

수현은 불완전해도 좋으니 바로바로 쓸 수 있는 걸 원했다. 제대로 된 보상도 나오지 않는데 바치는 건 사양이었다.

'으음…….'

방법이 있기는 했다. 찰스 카를로스. 그는 따로 연구자들을 갖고 있었다. 그들은 정부의 연구자들처럼 정해진 절차에 따라 움직이지 않았다. 회장이 시킨다면 바로 명령을 따랐다.

부탁을 한다면 괜히 완벽한 분석이다 보안이다 하면서 시간을 끌지 않고 바로 쓸 수 있도록 만들어줄 것이다.

'뭐 줄 거 없나?'

이들은 마땅한 아티팩트도 없었다. 부탁하는 건 쉬웠지만 그렇다고 마구잡이로 해서는 안 됐다. 공짜로 먹다 보면 언젠가는 체하기 마련이었다.

'붉은돼지버섯이 있었지?'

잘 묵혀놓은 최상급 물품들이 지금도 창고 안에서 잠들어 있었다. 예전에는 돈으로 바꾸려고 했었는데 요즘은 그럴 필요가 있나 싶을 정도로 바빴다. 그중 일부를 선물로 써도 괜찮을 것 같았다.

수현은 결정을 내렸다. 몬스터 유도 장치를 제외하고 나머지는 사실대로 보고하기로.

"커헉!"

포로들이 일제히 쓰러졌다. 독으로 그들을 즉사시킨 수현은 아무렇지도 않게 입을 열었다.

"시체 백에 담아라. 보고할 때 필요하니까."

어차피 신분으로 추적하지는 못할 것이다. 이런 곳에 보내는 인원의 신원은 철저하게 지우고 조작하는 것이 중국의 방식이었으니까. 그래도 가져가는 게 안 가져가는 것보단 좋았다.

"손 치워."

"……!"

스텔스 슈트에 손을 뻗으려던 루이릴은 수현의 말을 듣고 움찔했다. 그녀에게 이런 장비는 꿈의 장비나 다름없었던 것이다.

"하, 하나만 빼돌려도 모르지 않을까?"

"그건 안 빼돌려도 이미 있어. 내버려 둬. 나중에 필요하게 되면 빌려줄 테니까."

수현은 루이릴의 손을 찰싹 때려서 물러나게 만들었다. 엘프들에게 감사 인사를 들은 후 수현은 에단에게 이후 일에 대해서 간략하게 말해 놓았다.

"중국 쪽이 관련된 일이니 한국 정부도 노골적으로 굴지는 못할 겁니다."

"고맙네. 우리 때문에 이렇게 고생을……."

"이건 고생 축에도 못 듭니다. 그보다 물자 이동에 신경 써주십시오."

"걱정 말게. 약속한 대로 해놓을 테니."

수현은 탈주 용병들에게 물자를 공급해야 했다. 오지에서 기약 없이 기다리는 그들의 충성심을 유지하기 위해서는 지속적인 보급만큼 좋은 게 없었다.

그리고 이 주변의 엘프들은 그런 면에서 가장 적합한 이들이었다. 도시의 상인들은 대량의 물자를 갖고 나가면 주목을 사지만 엘프들은 아무도 그러지 않았다.

엘프 마을로 물자를 옮긴 다음 다시 포슈칸으로 보내면 들킬 염려를 하지 않아도 됐다.

에단에게 약속을 확인한 후, 수현은 대원들을 이끌고 귀환했다. 의외로 개발계획국은 놀라지 않았다. 오히려 올 것이 왔다는 느낌에 가까웠다. 그들은 수현에게 공들인 감사를 늘어놓았고, 수현은 건성으로 고개를 끄덕였다.

"과찬이십니다."

'이쯤이면 됐겠지?'

적당히 끝내고 나가려고 했던 수현이었지만, 국장의 말은 아직 끝나지 않았다.

"정말 안 좋은 상황에 엉클 조 컴퍼니부터 시작해서 김수현 팀장님께서 버티고 있다는 게 얼마나 든든한지 모르겠습니다. 게다가 이번이 처음도 아니잖습니까? 가만히 있었다면 눈 뜨고 당했을 텐데요."

'뭐야. 아직도 안 끝났어?'

이쯤 되자 수현은 살짝 당황스러워졌다. 개발계획국 측도 수현이 뭘 원하는지 잘 알고 있었다. 말이 아닌 실질적인 혜택. 수현이 가장 좋아하는 것이었다.

그러나 그들은 계속 수현을 붙잡고 작정이라도 한 것처럼 띄워주고 있었다.

'이 인간들, 설마…….'

도살장에 끌려가는 소는 모두가 잘 대해주기 마련이었다. 일의 이치란 게 대체로 비슷했다. 그들이 이렇게 수현을 띄워주는 건 수현에게 부탁할 게 있어서가 분명했다.

'대체 뭘 시키려고?'

개발계획국은 민간 회사가 아니었다. 새로운 일을 벌이지 않아도 유지가 됐다. 불리하다 싶으면 안 해도 되는 곳이 개발계획국이었다. 그런 그들이 꼭 부탁하고 싶은 일이라면 결코 가벼운 일이 아니었다.

게다가 엉클 조 컴퍼니는 그들에게 남은 얼마 안 되는 패 아닌가. 시간상 아직 제대로 팀 보충도 못 했을 것이다.

"어쨌든 다시 한 번 감사드립니다. 김수현 팀장님. 아. 오늘 혹시 시간 괜찮으십니까? 괜찮으시다면 제가 좋은 곳으로 모시고 싶은데요."

'확실해졌군.'

"죄송합니다. 아직 피곤해서요. 오늘은 가서 쉬고 싶습니다."

"아, 이런. 제가 눈치가 없었군요. 알겠습니다! 언제 한 번 다른 날에 다시 연락을 드리겠습니다."

어차피 아쉬운 놈이 다시 연락을 주게 되어 있었다. 수현은 그렇게 생각하고 뒤로 발을 뺐다. 예상대로 국장은 몸이 달아 있었다.

'이거, 진짜 궁금해지는데.'

호기심은 호기심이고, 해야 할 일은 해야 할 일이었다.

언제 일이 생길지 몰랐으니 해결해야 할 일들은 빨리 해결해둬야 했다. 수현은 대원들을 시켜 붉은돼지버섯을 뒤에 실었다.

"둘이서만 같이 다니는 건 오랜만 아닙니까?"

"그렇군."

김창식은 쾌활한 목소리로 운전대를 잡았다. 수현은 그가 찰스 회장의 별장을 봤을 때 어떤 반응을 보일지 문득 궁금해졌다.

31장
전투 준비(2)

“여, 여기는…….”

김창식의 반응은 예상한 반응을 벗어나지를 않았다. 그는 한동안 정문에 서서 고개를 젖힌 채 저택을 관찰했다.

“뭐하나? 안 들어가고.”

“우, 우와…….”

“짐을 들어드리겠습니다.”

별장에서 일하는 하인이 나와 그들을 맞이하자 김창식의 입은 더욱 벌어졌다.

“촌놈 같으니까 표정 좀 제대로 돌려.”

“팀장님은 이걸 보면서도 아무런 생각도 안 듭니까?”

“무슨 생각이 들어야 하는데?”

"남자라면 이렇게 떡하고 저택을 차린 후 미녀 수십 명하고 주지육림을……."

수현은 김창식의 뒤통수를 가볍게 쳤다.

"그건 십 년 뒤에나 생각해라."

"목표가 구체적으로 있어야 의욕이 생기는 거 아닙니까. 게다가 십 년 뒤면 제 나이가 얼만데……."

"저렇게 살고 싶으면 십 년은 더 모아야지. 그래도 아슬아슬해. 그냥 적당히 만족하면서 살라고."

김창식은 머리를 긁적거렸다. 그도 지금 그가 능력에 맞지 않게 과분한 대우를 받고 있다는 건 알고 있었다. 엉클 조 컴퍼니와 수현이 아니었다면 불가능한 행운이었다. 그럼에도 불구하고 아직 멀었다니.

"돈 많은 놈들은 정말……."

"쓸데없는 소리 하지 말고 입단속이나 하고 있어. 회장 만나고 올 테니까."

"안녕히 다녀오십쇼!"

회장의 얼굴에는 만족스러움이 가득했다. 그는 은접시 위에 올라와 있는 붉은돼지버섯을 입에 넣으며 말했다.

전속 요리사는 상급품 중의 상급품이라고 극찬을 했다. 그 칭찬이 그의 기분을 좋게 만들었다.

"사실 내가 말은 그렇게 했어도, 내가 좋아하는 걸 이렇게 바로 찾아올 줄은 몰랐네."

"부탁할 게 있어서 급하게 찾았습니다."

수현은 말을 돌리지 않고 노골적으로 말했다. '부탁할 게 있으니 일부러 그쪽이 좋아할 만한 걸 갖고 왔다'라는 이야기를 면전에서 들었지만, 회장은 어린아이처럼 좋아했다. 그는 웃으면서 말했다.

"그래. 뭐지?"

"회장님께서는 연구 쪽에도 조예가 깊으신 걸로 알고 있습니다만."

"내가 깊은 게 아니라, 깊은 놈들을 내가 많이 데리고 있는 거지. 그런 이들이 필요한가? 내가 알기로……."

"예. 한국 정부 쪽 연구진들도 쓸 만하죠. 그렇지만 시간이 오래 걸리고 까다롭습니다. 게다가 중국 측 신기술이라면 더더욱 확실하게 되기 전까지는 내놓지 않을 겁니다."

"중국 측 신기술?"

느긋하게 뒤로 누워 있던 회장이 몸을 세웠다. 수현의 말이 그의 흥미를 불러일으킨 것이다. 미국인들은 세계의 연구를 미국이 선도하고 있다는 자부심을 갖고 있었지만, 그렇다고 해서 모든 기술을 그들이 갖고 있는 건 아니었다. 특히 중국 정도의 대국이 개발하고 있는 기술은 관심이 갈 수밖에 없었다.

"이런 걸 나한테 말해도 되나?"

"뭐, 회장님을 믿습니다."

"전혀 믿는 표정이 아니지만. 일단은 그렇다고 해둠세. 나도 궁금하니까 말이야. 그래서, 무슨 기술이지?"

"몬스터를 인위적으로 유도하는 기술 같습니다."

"오. 중국 놈들. 재미있는 걸 하는군."

회장은 그다지 놀라지 않았다. 그의 나이와, 그의 인맥으로 주워듣는 걸 생각한다면 뭘 듣고 놀라는 게 더 힘들었다.

"이 장치의 원리, 분석, 이후 응용……. 그런 것에는 관심이 없습니다. 최대한 빨리 실전에서 사용할 수 있도록 만들어주시면 됩니다."

"호기심이 없군. 나야 그렇다 쳐도 자네는 일선에서 일하는 용병이잖나. 몬스터를 유도할 수 있다는 건 더 나아가면 조종할 수도 있다는 것 아닌가?"

'그게 불가능하다는 걸 아니까 이러지.'

"그 기술이 실용화되면 관심을 가지겠습니다. 지금은 일단 쓸 수 있는 것만 관심을 가지려고 합니다."

"흠. 궁금하군."

"……?"

"자네가 이러는 걸 보니, 한국 정부 측이 다른 신기술을 갖고 가서 안 내놓은 적이 있는 것 같은데. 그건 무슨 기술이었을지 궁금해."

"……!"

"아니, 아니. 꼭 말해달라는 건 아닐세. 그냥 궁금해서 꺼내본 말이야. 내가 그걸 알아봤자 어디에 쓰겠나. 늙은이의 호기심일 뿐이지……. 음. 인공 아티팩트, 초능력 무효화, 인공 초능력자……. 내가 알고 있는 건 이 정도인데."

수현은 놀랐다. 별장에서 허송세월하고 있는 것 같은 사람이 수현이 직접 발로 뛰어서 알아내고 있는 것만큼이나 비슷하게 알아내고 있는 것이다.

'초능력 상쇄 장치는 드래곤 슬레이어 프로젝트 때문인가.'

그 많은 사람 앞에서 사용했으니 모두가 짐작했을 것이다.

"놀란 표정이군. 뭐에 놀란 거지?"

"인공 아티팩트에 놀랐습니다."

"놀랄 게 있나. 그건 모두가 하는 연구잖나?"

인공으로 초능력자를 만들고 인공으로 아티팩트를 만드는 것은 인류가 예전부터 진행해 오던 꿈의 연구였다. 물론 아직까지도 전혀 성취가 없었지만.

“중국도 하고, 우리도 하고……. 중국 측이 얼마나 진행했는지는 조금 궁금하군. 우리보다는 덜 됐으리라 믿어.”

“회장님 측은 어느 정도 되셨습니까?”

“아. 음……. 인공적으로 초능력자를 만드는 건 아직도 요원하고, 인공으로 아티팩트를 만드는 건 거의 방법을 알아낸 상태지. 의미가 없는 방법이라 문제지만.”

“……!”

회장은 버섯을 우물거리며 입을 열었다.

“궁금한 표정이군? 자네가 재미있는 걸 갖고 왔으니 성심성의껏 말해주지. 인공 아티팩트라고 하면 뭔가 대단하게 들리지만 사실 별로 대단한 게 아니야. 애초에 우리가 갖고 있는 아티팩트가 어디서 왔겠나? 그것도 누군가 만든 것일 텐데.”

“맞는 말씀이십니다.”

“그들이 어떻게 만들었을까……. 그런 식으로 접근해 보니 쉽게 알아낼 수 있더군. 아티팩트는 결국 핵이 전부야. 초능력을 만들어내는 핵. 그 핵을 인공적으로 만들 수만 있다면 아티팩트를 찍어내는 게 가능하겠지만, 아쉽게도 그건 답이 전혀 보이지 않고……. 현재 상태에서는 아주 원시적인 방법밖에 없네.”

수현은 이미 알고 있었지만 회장을 위해 최대한 놀란 표정을 지어줬다. 회장은 덕분에 신이 나서 말을 이어갔다.

'미국 쪽 기술이 정말 대단하긴 하군. 이때부터 벌써 알고 있었다는 건가.'

"초능력자의 시체에서 핵을 추출하는 거지. 그것도 조건이 많이 까다롭지만……. 일단은 가능하다는 데에 의의가 있는 것 아니겠나?"

"그렇죠."

몬스터에게서 나오는 핵이나 초능력자에게서 나오는 핵이나 수현은 그 원리가 크게 다르지는 않을 것이라 생각했다.

"그보다 초능력 무효화나 인공 초능력자에 대해서는 안 놀랐나?"

"하나는 이미 알고 있었고, 하나는 너무 허무맹랑해서 그다지 관심이 안 가는군요."

"자네도 한국 정부와 연이 있으니 초능력 무효화는 알 수도 있었겠군. 인공 초능력자 프로젝트……. 허무맹랑하지. 돈만 잡아먹는 놈이야. 아, 그러고 보니 자네한테 따라다니던 소문도 있었었지."

"……?"

"초능력자를 각성시키는 방법을 알고 있거나, 최소한 알아보는 방법을 갖고 있다고."

"과장된 소문입니다. 그냥 운이 좋았을 뿐이죠."

수현은 속으로 참 세심하게도 조사했다고 투덜거렸다. 돈이 있고 힘이 있는 거물이 마음을 먹으니 차원이 다른 조사가 가능했다.

"그런가?"

회장은 애초에 말도 안 되는 소문이라고 생각했었는지 더 이상 묻지 않았다.

"그래서 이걸 쓸 수 있도록 만들어주면 된다는 건가. 알겠네. 밑에 있는 놈들을 채찍질해서라도 일주일 안에 얼마나 걸릴지 전해주겠네. 자네가 바쁘다는 걸 아니까."

그도 수현처럼 돌려서 말하지 않았다. 서로가 뭘 원하는지 알고 있었기에 대화가 빨랐다.

"아. 혹시 요즘 카메론에 소문 같은 게 있습니까?"

"무슨 소문?"

"정부 단위로 관심을 가질 만한 일 말입니다."

"그런 일이라면……."

쾅!

"……?!"

문이 거칠게 열리는 소리가 들렸다. 수현은 바로 찰스 앞에 섰다. 그리고 동시에 초능력을 사용할 준비를 했다.

그러나 들어온 건 김창식과 그의 귀를 잡고 있는 갈색 단발머리의 젊은 여자였다. 찰스가 뒤에서 말했다.

"나를 위해 나서준 건 고마운데, 위험한 건 아닐세. 내 먼 친척의 딸이야."

"그렇습니까?"

수현은 팔을 내렸다. 그걸 본 김창식이 신음하듯이 말했다.

"팀장님, 제 귀는 안 보이세요?"

"떨어지면 치료해 줄게. 회장 친척 딸을 팰 수는 없잖아."

"마리아, 그만하고 떨어지거라."

"네."

"그보다 회장님께서는 자식이 없으십니까? 지구에 계시나?"

"자식은 없네. 결혼은 많이 했는데 말이지."

"몇 번이나 하셨죠?"

"열 번 넘어갔을 때부터는 세는 걸 관둬서……. 정 궁금하면 집사를 부르지."

"됐습니다."

둘의 대화를 들은 김창식은 존경한다는 눈빛을 담아 찰스를 쳐다보았다.

"자네 부하인가?"

"그렇죠."

"그렇게 뛰어나 보이지는 않는데."

"저래 보여도 나름 쓸 만한 점이 있습니다."

"어쨌든 나서줘서 고마웠네. 마음 같아서는 호위로 두고 싶지만 자네가 받아들이지 않겠지. 심심하지는 않을 것 같은데."

"무슨 약한 소리를 하십니까. 게다가 이미 호위들도 있으시면서. 괜히 마음 상하게 할 필요 없습니다."

"……!"

찰스는 내색하지 않았지만 정말로 놀랐다. 그의 방 주변에 숨겨진 공간에는 초능력자들이 대기하고 있었다. 무슨 일이라도 생기면 바로 들이닥칠 수 있도록. 그것만으로도 그들은 어지간한 용병들을 상회하는 돈을 받았다.

당연히 하는 일이 일인 만큼 그들은 방문자들에게 들키면 안 됐다. 그러나 수현은 이미 알고 있었던 것이다.

'정말 보면 볼수록 대단한 놈이군.'

둘이 그러는 동안 마리아라고 불린 여자는 김창식에게 다시 말을 걸고 있었다. 그러나 김창식은 이미 질린 듯 슬슬 발을 뒤로 뺐다. 다시 귀를 잡힐까 두려워하는 기색이었다.

"마리아, 그만하라고 했다."

"둘이 어떻게 친해진 거지?"

"저 애는 나를 닮아서인지 호기심이 많네. 용병이라고 하니 궁금했겠지."

"팀장님, 저 좀 도와주……."

"그리고 자네가 말했던 것 있잖나."

"……?"

"아까 카메론에 도는 소문 같은 게 없냐고 물었지 않나."

"아. 그랬었죠."

"자네가 뭘 원하는지는 모르겠지만, 러시아 정부 쪽이 조금 시끄럽네."

"어떤 이유로?"

"무슨 문제가 생긴 것 같은데, 나도 자세한 건 알아보지 않았네. 그렇지만 인력이 꽤나 필요한 일은 분명해. 미국 쪽 유명한 팀들에게 서신을 보내서 전력 요청을 했거든. 어때, 도움이 됐나?"

수현은 씩 웃으며 말했다.

"될 것 같습니다."

"그렇다니 다행이군. 다시 한 번 선물 고맙네. 장치는 최대한 빠르게 복제해서 보내주도록 하지."

"으. 귀가 아직도……."

"뭔 대화를 한 거야?"

"밖에서 얌전히 앉아 있는데, 와서 누구냐고 묻잖습니까. 그래서 손님으로 찾아온 용병이라고 했더니 뭘 하냐고 물었고, 그래서 뭘 하는지 설명해 줬더니 더 이야기해 달라고 해서……."

"거기서 왜 귀를 잡아당기는 걸로 넘어갔지?"

"왜 용병을 하냐고 묻길래 아까 팀장님한테 말했던 목표 그대로 말했거든요. 질색하길래 내가 바라는 미녀는 그쪽 같은 타입이 아니니까 질색할 필요 없다고 했다가……."

"……."

"예의 바르게 말했습니다!"

"예의 바르다의 기준부터 다시 잡아야 할 것 같은데."

"그보다 여기는 왜 찾아오신 겁니까?"

"선물 좀 주고받을 게 있어서."

"아. 저 뒤에 실었던 상자요?"

"그래."

"뭐가 들었습니까?"

"붉은돼지버섯."

끼이이이익-

차가 요란한 소리를 내며 멈췄다. 카메론의 도시 밖 도로는 명소로 유명했다. 넓은 대지 위로 거침없이 내달려도 아무런 지장이 없는 것이다. 덕분에 김창식이 갑자기 멈춰도 사고가 나지는 않았다.

"나한테 원한 있나?"

"아니, 붉은돼지버섯이었어요?! 창고에 들어 있던 게?!"

"그럼 마약이라도 넣어놓은 줄 알았나?"

"그런 거라면 말 좀 해주시지!"

"……?"

"사려고 했는데 동나서 구하지도 못했단 말입니다! 그런 좋은 거 있으면 팀원들한테 먼저 말해줘야 되는 거 아닙니까? 같이 일하는 프리미엄 같은 걸로! 저도 돈 있는데!"

"회장보다 많나?"

"그, 그건 아니지만요."

"걱정 마. 창고에 쌓인 게 붉은돼지버섯이다. 먹고 싶으면 많이 먹어."

김창식의 표정이 환해졌다.

"그보다 붉은돼지버섯은 왜 그렇게 찾는 거지?"

"정력에 좋잖습니까. 잠깐만요. 팀장님은 모르고 선물로 드린 겁니까?"

"아니, 저 회장이 좋아하는 건 알고 있었지."

"크. 역시 돈 많은 놈들은……. 부럽다 부러워. 아. 이거 보세요. 이제 다 팔려서 못 사지만요."

김창식은 스마트폰을 건넸다. 안에서는 광고가 나오고 있었다. 근육질의 오크가 나와 역동적인 동작을 취하고 있는 광고였다. 낯뜨거운 홍보 문구는 덤이었다.

-지금 당장 주문하세요! 붉은돼지버섯 엑기스가 단돈…….

수현은 광고를 끄고 폰을 던졌다. 그리고 고개를 절레절레 저었다.

"두 번째 보는 건데도 어이가 없군."

붉은돼지버섯과 관련된 일들은 재밌고 어찌 보면 웃긴 사건이었지만 그렇게 크게 중요한 일은 아니었다.

붉은돼지버섯을 먹는다고 해도 인체에 해 같은 건 없었고, 그저 정력에 좋다고 믿은 사람들만 멍청한 꼴이 될 뿐이었다. 까놓고 말해서 수현이 신경 쓰지 않아도 별 차이는 없었다.

그에 비해 회장이 말한 러시아 건은 신경이 쓰였다. 중요할 일일 가능성이 컸다.

'이 시기에 러시아 쪽에서 터질 사건이 있나?'

하도 전공이 중국 쪽과 관련되어 있다 보니 타 국가에서 일어났던 일들에는 비교적 소홀했다. 수현은 바로 떠오르지 않는 기억을 붙잡고 얼굴을 찌푸렸다.

"팀장님, 돌아가면 정말 먹어도 됩니까?"

"……많이 드세요."

못 믿겠다는 듯이 다시 한 번 묻는 김창식에게 수현은 비꼬듯이 대답했지만, 김창식은 허락을 받았다는 사실이 즐거워서인지 눈치도 못 채고 있었다.

"이번 일은 반드시 해결해야 하네. 실패라도 한다면 대통령 각하께서 우리를 살려두지 않을 거야."

"하지만……. 방법이 없지 않습니까?"

"방법이 없기는 왜 없나. 만들면 다 나오기 마련이지. 일단 허락을 받았네."

"무슨 허락 말입니까?"

"알타라늄 산지에 대한 채굴권. 구할 수만 있다면 그걸 내줘도 된다고 하셨어."

알타라늄. 카메론에 있는 이들이라면 누구나 탐을 내는 가장 귀한 금속 중 하나였다. 그 말을 들은 남자의 눈동자가 크게 떨렸다.

"그, 그걸 협상 카드로 쓸 수 있다고요?"

"각하의 아들께서 목숨이 위험한데 지금 그게 중요한가? 어떻게든 빼 올 생각이나 하자고. 한시가 급해. 같이 간 팀이 팀이니만큼 바로 무너지지는 않겠지만 시간을 끌면 끌수록 위험해진다고."

"리스트를 조사해 왔습니다."

각국에서 유명한 팀, 그중에서도 그들의 의뢰에 적합한 팀이 필요했다. 이번 일은 단순히 강력한 몬스터를 처치하고 나오는 게 아니었다.

실종되어 갇힌 이들을 구출해야 했다. 정확히는 그중 단 한 명을 무조건 데리고 나와야 했다.

"중국 쪽은……."

"중국 쪽은 피해. 거기는 어떤 팀이든 정부 입김이 너무 강해서 괜히 골치 아파지는 수가 있다. 미국 팀이나 미국 쪽에서 활동하는 유럽 계열 팀. 그리고 한국 팀에서 찾아보자고."

"여러 군데를 동시에 섭외하는 게 성공률이 높지 않을까요?"

"보상으로 나눠 가지라고 해봐라. 참 좋아하겠다. 이런 걸 할 정도의 놈들은 어지간한 보상으로는 움직이지도 않아. 게다가 서로 맞지 않는 놈들을 붙여 놓고 사람 구해오라고 하는 것보다는 전문가팀 하나만 보내서 사람 한 명만 구해오라고 하는 게 더 확률이 높다. 기억해 둬. 우리는 처치나 탐험을 할 팀을 구하는 게 아니야. 한 명만 구출하면 된다고. 나머지는 솔직히 다 죽어도 어떻게든 수습이 돼."

같이 실종된 이들이 들었다면 기함을 했을 소리였지만 지금 그들은 이 자리에 없었다.

“블랙 하운드 어떻습니까? 미국 쪽 회사에, 타 회사에 비해 요인 구출 경험이 많은 편입니다. 초능력자 전력도 괜찮고요.”

“그게 많은 편이냐?”

“다른 데에 비해 많은 편입니다. 애초에 몬스터 처치나 토벌도 아니고 인원 구출을 전문으로 하는 곳이 어디 있다고…….”

“그렇기는 하지. 일단 각국 정부 측에 공문은 보냈는데 얼마나 협력할지 모르겠어.”

“알타라늄 산지가 걸렸잖습니까. 누구든 참여하지 않겠습니까?”

“보장 보수가 아니라 성공 보수잖나. 드래곤 슬레이어 프로젝트 때문에 분위기가 영 좋지 않아. ‘괜히 잘 알지도 못하는 타국의 일에 끼어들었다가 팀을 날리고 싶지 않다’고 생각할 놈들이 꽤 많을 거라고. 당장에 이 리스트를 봐. 토탈 컨트롤, 이 회사. 괜찮은 회사였는데 드래곤 슬레이어 프로젝트 때문에 상위 팀이 전부 박살 났지? 한국 쪽으로 넘어가서, 갈맷빛……. 여기도 회생 불능. 왜 이렇게 끝난 팀들이 많아? 이 리스트 업데이트 안 했나?”

"죄, 죄송합니다."

"어쨌든 최대한 접촉해봐. 우리도 살아야지."

"손님이 오셨는데요."

"누구?"

"김종태라고……."

"아. 계속 세워놔."

"네?"

"계속 세워놓으라고."

수현은 얼굴색 하나 변하지 않고 그렇게 말했다. 여유 있게 옷을 갈아입고 정돈을 하고 나오자 초조하게 안절부절못하는 김종태가 보였다.

"잘 지냈나?"

"……예."

"저번에 억제제는 받아갔었지?"

"예. 보고하러 왔습니다."

"훌륭한 태도야. 이대로만 간다면 곧 독과 작별하고 건전하게 살 수 있겠는데. 앉아."

"의자가 없습니다만……?"

"아. 바닥에 앉으라고. 너 앉을 의자는 없어."

"……."

김종태는 그냥 서 있는 것을 선택했다.

"리스트에 있는 한 명 정도는 네 노예로 만들었으면 좋겠는데. 성공했나?"

"예? 아니, 들어간 지 얼마나 됐다고……."

"거 참. 손이 느리네. 한국에서는 저 수상쩍은 아카데미 차린 지 얼마 만에 손을 뻗었나? 한국에서는 할 수 있는데 중국에서는 못하겠다, 이거야? 이거 완전 매국노 새끼네?"

수현은 플라스틱 자로 김종태의 머리를 한 대씩 때리기 시작했다. 다른 곳에 가서 마약을 푸는 것에 매국이고 애국이 나오는 것이 어이가 없었지만 김종태는 입을 꾹 다물었다.

'참자. 지금은 참아야 한다.'

언젠가는 이 굴욕을 갚아 주리라. 반드시!

일단은 수현이 시키는 대로 하고 있었지만, 그는 가만히 있지 않았다. 그는 그가 무엇을 당했는지 면밀히 조사했다.

아무리 독에 능숙한 기술자라고 해도 사람의 몸에 넣은 독을 의지만으로 조종할 수는 없었다. 그건 기술의 영역을 넘은 일이었다. 그렇다면 분명…….

'독에 관련된 초능력!'

독을 해독하지는 못해도, 발동시키지 못하도록 막을 방법은 있을 것이다. 최근에 드래곤 슬레이어 프로젝트에서 중국 측이 초능력 상쇄 장치를 선보여 주변이 술렁거렸던 것처럼.

일단 수현이 독을 발동시키지 못하도록 하고, 수현을 잡는다. 그다음은 해독제를 만들게 하고…….

'무슨 생각하는지 다 보인다.'

"중국 쪽은 단속도 강하고, 무엇보다 여기 리스트에 있는 이들이 다 접근하기 힘든 사람들이라……."

수현이 준 리스트에 있는 사람들이 전부 군인은 아니었다. 중국 측 전력들은 공식적으로 군인 소속인 사람들도 많았지만 아닌 사람들이 더 많았다. 위장을 위해서였다. 회사원, 운동선수, 유명인……. 언젠가 쓸 때를 대비해서 준비한 이런 오랜 공작은 중국의 무서운 점 중 하나였다.

"힘들면 노력을 해야지. 왜 징징거려? 살고 싶으면 어떻게든 접근해. 다음번에도 성과 없이 징징거리면 억제제는 없다. 그냥 죽든가. 나한테 마약을 먹이려고 했던 널 살려두는 이유는 네가 그만한 대가를 치른다고 했기 때문이야. 못 치르면 살려둘 이유가 없지."

"알고 있습니다."

"살고 싶으면 열심히 하라고."

김종태는 현재 견실한 사업가로 위장해 중국에 들어가 있었다. 확실히 이런 면에서 보면 능력은 대단했다. 그는 얼마 지나지 않아 리스트에 있는 인물들과 접촉할 수 있을 것이라고 생각했다.

'그래. 놈들을 중독시킬 때까지는 네 명령에 따라주지. 그 다음에는 놈들의 전력을 빌려 너를 죽여주마!'

'설마 이 인간, 초능력 상쇄장치로 나를 잡으려는 계획을 세우려는 건가.'

"러시아 쪽 일입니까?"

"?!?!?!?!?!"

수현은 웃으면서 고개를 저었다. 이원재의 표정이 볼만했다. 평소에는 결코 저런 표정을 보여주지 않는 사람이었는데, 수현이 어지간히도 그를 놀라게 한 모양이었다.

"어, 어떻게?"

"저도 소문을 들을 귀는 있습니다."

"그, 그렇군요. 하긴, 김수현 팀장님께서는 능력이 있으시니……."

"칭찬은 됐습니다. 국장님. 한두 번 들으면 즐겁지만 그 이상으로 들으면 남는 것도 없고 좀 지겹거든요. 술도, 음식도, 다 필요 없으니 본론으로 들어가죠."

그 말을 들은 이원재는 급하게 손짓했다. 이 자리는 수현의 비위를 맞춰주기 위해 마련된 자리였다. 그가 원하는 어떤 것도 제공해 주기 위해서. 밀폐된 방 안으로 들어오려던 점원은 이원재의 신호를 보고 재빨리 뒤로 물러섰다.

"여기 회가 맛있는데, 아쉽게 됐네요."

"생선이요?"

"몬스터 육회도 있습니다. 아무한테나 나오는 건 아니지만, 김수현 팀장님께서 원하신다면……."

"됐습니다."

미식가들은 진미라고 먹지만, 수현의 입장에서는 질릴 대로 질린 음식이었다. 살기 위해서 현장에서 몬스터를 잡아먹어야 했던 사람 입장에서 다시 먹고 싶진 않았다.

"그래서 본론으로 돌아와서……."

–마셔, 마셔!

–이럴 때 아니면 언제 이런 곳에서 마시겠냐!

"조금 시끄럽네요?"

수현은 별생각 없이 말했다. 방음이 잘 되어 있는 고급 요리집이었지만 그렇다고 모든 이가 예의를 지키는 건 아니었다.

"잠깐 다녀오겠습니다."

"……?"

무슨 수를 쓴 건지, 옆방에서 나는 소리가 뚝 끊겼다. 이원재는 웃는 얼굴로 돌아와 수현의 앞에 앉았다.

"김수현 팀장님. 지금 드래곤 슬레이어 프로젝트 때문에 모두가 몸을 움츠리고 있습니다. 워낙 피해가 컸고, 수습하려고 해도 한동안은 이런 분위기가 더 지속될 겁니다."

"뭐, 그렇죠. 수습이 될지나 모르겠습니다."

"하지만 저는 이렇게 생각합니다. 위기는 곧 기회라고."

"그건 보통 멋모르고 돌진하기 좋아하는 사람들이 하는 말인데……. 계속 말해보세요."

국장은 수현의 말을 못 들은 척했다. 수현이 듣기 싫은 소리를 해도 한동안은 참아줘야 했다.

'이럴 줄 알았으면 포슈칸에 구조대를 보내는 시늉이라도 했어야 했는데.'

후회해도 이미 늦은 상황. 앞으로 수습을 해야 했다.

"용병 회사들의 공백 때문에 여러 마찰이 생기고 있지만 오히려 우리의 영향력을 살릴 수 있는 기회라고 볼 수도 있지 않겠습니까?"

"아. 예. 긍정적이시네요."

"마찬가지로 이번 러시아 건도……."

"먼저 설명부터 자세히 해주시죠."

"네? 네, 알겠습니다."

수현이 다 알고 있으리라고 생각해 바로 넘어가려고 했던 국장은 수현의 지적에 설명을 시작했다.

게이트를 중심으로 중국과 러시아는 북쪽과 동쪽으로, 한국과 미국은 남쪽과 동쪽로. 서쪽은 바다에 막혀 있었기에 당연한 결과였다.

"러시아에서 연구팀 하나가 실종되었습니다."

"연구팀이요?"

카메론에서 용감한 건 용병들만이 아니었다. 신념에 찬 과학자들은 용병들보다 더 용감했다. 그들은 연구를 위해서라면 목숨을 걸고 오지로 들어갈 수 있었다.

'최지은 생각나네.'

문득 그리워졌다. 그녀만큼 수현과 친밀하게 지냈던 사람도 드물었다.

"팀장님?"

"아. 듣고 있습니다. 계속하세요."

"그냥 연구팀이라면 이렇게까지 일이 커지지는 않았을 겁니다. 문제는 그 연구팀에……. 현 러시아 대통령의 아들이 끼어 있다는 겁니다."

수현은 헛웃음을 터뜨렸다. 상황이 어떻게 돌아가는 건지 짐작이 갔기 때문이었다.

"구해와야 합니까?"

"할 수만 있다면요. 러시아는 하임켄 주변에 위치한 알타라늄 산지에 대한 채굴권을 약속했습니다. 성공했을 경우에 한해서."

"글쎄요. 하는 사람이 있을까 싶습니다만. 원래라면 모를까, 지금은 드래곤 슬레이어 프로젝트가……. 그보다 이걸 제안하고 싶어서 그렇게 안절부절못하셨던 겁니까? 알타라늄이 필요해서?"

알타라늄은 귀한 금속이었다. 구할 기회가 있다면 망설일 필요가 없을 정도로. 그러나 지금 수현은 바쁜 상황이었다. 굳이 알타라늄을 얻기 위해 시간을 따로 빼고 싶지 않았다. 게다가 러시아 쪽 몬스터는 그의 전문 분야가 아니었던 것이다.

"솔직하게 말하겠습니다. 알타라늄 채굴권이 탐이 나긴 하지만, 그게 전부는 아닙니다."

"……?"

국장의 눈빛이 진지해졌다. 그는 낮은 목소리로 말했다.

"저는 진심으로 믿고 있습니다. 김수현 팀장님이라면 이런 상황에 처한 이들을 데리고 나올 수 있을 거라고 말입니다."

"아니, 그건 알겠고요. 그래서 이걸 왜 하냐고요."

진심을 다해서 부딪쳤지만 수현은 냉정했다. 개발계획국이 그의 능력을 진심으로 믿든 말든 그건 중요하지 않았다. 중요한 건 이걸 왜 하느냐였다.

"알타라늄 채굴권을 얻음과 동시에, 아직 한국의 전력이 죽지 않았다는 걸 알리고 싶어서입니다."

"한국이 아니라 개발계획국이겠죠."

"그, 그건……."

수현은 국장의 말뜻을 바로 알아들었다. 개발계획국이 눈치가 보이기는 할 것이다. 직속 팀들이 전부 갈아엎어진 상황이니. 이럴 때 가장 좋은 건 눈에 보이는 강렬한 실적이었다.

'정부 기관이라는 건 참…….'

사기업과는 다른 고충이 있었다. 물론 그걸 수현이 배려해 줄 필요는 전혀 없었지만.

수현 입장에서는 개발계획국이 사라지는 것보단 있는 게 좋았지만, 그걸 위해서 자신이 직접 위험에 뛰어들 필요는 없었다. 그건 본말전도였다.

수현은 별생각 없이 물었다.

"근데 어디에서 실종되었답니까?"

"옐브르프스키 산맥입니다."

"……!"

옐브르프스키 산맥.

말이 산맥이었지 산 자체의 고도는 그렇게 높지 않았다. 위험한 것은 그 넓이와 기후, 그리고 거기에 사는 몬스터였다. 북방의 추운 대지에 위치한 위험구역.

러시아 쪽의 영역은 수현의 전문이 아니었지만, 옐브르프스키 산맥의 이름은 수현도 알고 있었다. 거기서 나온 아티팩트 때문이었다.

'분쇄기?!'

아티팩트의 가치는 그 아티팩트가 갖고 있는 능력으로 결정되었다. 능력이 쓸모 있으면 당연히 가치가 올랐지만, 그것 말고도 다른 요소가 있었다. 희소성이었다. 능력이 쓸모없더라도 흔히 볼 수 없는 능력이라면 어떻게든 가격이 형성되게 되어 있었다.

만약 능력이 쓸모 있고, 희소성까지 높다면? 그건 돈으로 구하고 싶어도 구할 수 없는 국가의 보물이 되는 것이다.

국내에도 그런 아티팩트가 몇 개 있었지만, 수현은 거기에는 크게 관심을 가지지 않았다.

'어검술의 반지는 내 능력 하위 호환이고. 나머지도 딱히 구하기 위해 나설 필요는 없다.'

대표적으로 검 모양으로 염동력을 형성해 다루는 아티팩

트가 있었다. 능력도 능력이지만 그 위력에 한국 정부는 그 아티팩트를 관리 대상으로 지정했다.

예전이라면 혹했겠지만 수현은 이제 위력에 그다지 목을 매지 않았다. 이미 최강의 창을 손에 들고 있었으니까.

그러나 러시아의 '분쇄기'는 달랐다. 카메론에서 단 하나만 발견된 아티팩트란 이명이 괜히 붙었던 게 아니었다.

분쇄기는 디스펠 능력을 가진 아티팩트였다.

초능력 자체의 발동을 막는 게 아닌, 이미 발동된 초능력을 지워버리는 디스펠 능력. 대초능력자 전투에서 가히 절대적인 위력을 발휘하는 능력이었다.

[디스펠]

칼락로거의 심장:0/1

후레타의 뼈:0/1

…….

디스펠 항목은 독공보다 더, 지독할 정도로 길었다. 이건 채울 엄두도 나지 않을 정도였다. 덕분에 수현은 반쯤 포기하고 있었다.

'분명 옐브르프스키 산맥에서 실종된 이들과 구출대가 우연히 발견했다고 했었다.'

분쇄기는 러시아 아티팩트의 자랑이자 러시아 정부가 가장 아끼는 아티팩트였다. 몇 번의 도난 시도와 탈취 시도가 있었지만 아무도 성공하지 못할 정도로.

'그렇다면 이번에 들어간 이들이 발견한 건가?'

시간상으로도 크게 어긋나지 않았다. 수현은 생각에 잠겼다. 무조건 빼내 오고 싶었지만, 가능하다고 가능한 게 아니었다. 러시아에 들어가서 일을 하게 된 이상 들어갈 때나 나올 때 면밀한 검사를 받게 될 것이다. 옐브르프스키 산맥에서 무언가 발견해서 갖고 나올 수도 있었으니까.

미리 선약을 받아봤자 의미가 없었다. 구출해 주는 대신 나오는 것에 대한 권리를 약속받아봤자 디스펠 아티팩트가 나오는 순간 러시아는 태도를 바꿀 것이다.

분쇄기는 그럴 만한 가치가 있었고, 러시아는 체면 몰수하고 약속을 어길 수 있는 국가 중 하나였다.

'가긴 가더라도 준비를 해야겠군.'

만약의 순간에 물건을 빼돌릴 능력이 있는 인재. 다행히 수현의 옆에는 그런 인재가 있었다.

"에취!"

“엘프도 재채기를 하나요?”

“엘프도 사람이란다.”

루이릴은 소파에 누워서 책을 읽다가 재채기를 했다. 다른 대원들은 아직도 루이릴에게 환상을 갖고 있었다. 루이릴도 그 환상을 깨지 않고 오히려 즐겼다. 원래 그녀는 수현한테 매번 받는 구박보다는 이런 숭배가 더 익숙한 엘프였다.

‘누가 내 이야기를 하나?’

“팀장님?”

“솔직하게 말해주셔서 감사합니다. 국장님의 호소가 제 마음에 와 닿는군요.”

“……??”

국장은 갑자기 불안해졌다. 수현을 몇 년 동안 상대해 오면서 깨달은 게 있었다. 그는 절대로 만만한 상대가 아니라는 것이었다.

나이는 젊어도 안에는 구렁이 몇 마리가 들어선 괴물. 그게 수현이었다. 저 나이에 저런 위치로 올라가는 건 아무나 하는 게 아니었다.

‘그게 마음에 와 닿는 호소였나?’

개발계획국의 입지를 올리기 위해서 일을 벌인다는 게 마음에 와 닿았다는 건 받아들이기 힘들었다.

"예전부터 순망치한 아니었습니까. 입술이 없으면 이가 시린 법. 저와 엉클 조 컴퍼니가 개발계획국에게 받은 게 있고, 앞으로 받을 게 많은데 이런 걸 안 도와준다면 되겠습니까?"

"예……."

국장은 등에서 땀이 나는 게 느껴졌다. 수현이 거절하는 것보단 수락하는 게 좋기는 했지만 이런 건 예상하지 못했었다. 이렇게 적극적이니 오히려 무서웠다.

'뭘 생각하고 있는 거지?'

"저, 팀장님. 알타라늄 산지에 대한 분배 조건은 기존 조건과 달리 바꿀 수가 없습니다만……."

"상관없습니다."

"어……. 정말입니까?"

"뭡니까. 모처럼 사람이 도와주려고 나섰는데 그 미적지근한 태도는. 하지 말까요?"

"아, 아닙니다. 팀장님께서 자신만 있으시면 저희는 전적으로 지원해 드리겠습니다!"

"좋네요. 그러면 당장 자료부터 주시죠."

"예? 지금요?"

"실종이면 그렇게 시간이 넉넉한 일이 아닐 텐데요. 다른 팀이 들어가기 전에 빨리 들어가야죠."

"개발계획국 안에 있습니다만……."

"그러면 일어납시다."

시킨 음식에 손도 대지 않고 일어나는 수현을 보고 국장은 얼떨떨한 표정으로 고개를 끄덕였다. 누구 말이라고 거역하겠는가.

"중국 쪽은 피하라고 하셨잖습니까?"

"어쩔 수 없어. 계약 최대한 깐깐하게 하고 안에 들여보내야지. 팀이 없는데 어떻게 해? 아무리 중국 쪽 팀이라고 해도 우리 영역에서 날뛰지는 못할 거야."

그들이 중국 팀을 선호하지 않는 이유는 간단했다. 통제하기가 힘들어서였다. 미국이나 한국 쪽 팀은 완전히 반대되는 영역이었기에 그들이 들어오는 순간 통제가 가능했지만, 중국 쪽 팀은 영역이 겹쳤기에 완전히 통제할 수가 없었다. 무슨 일이 생겼을 때 멋대로 행동하는 걸 막을 수가 없는 것이다.

그러나 상황이 그걸 허락하지 않았다. 대다수의 팀이 이런 시기에 러시아의 영역으로 들어가는 걸 꺼려 했다. 성공 확률을 높이려면 중국 쪽 팀이라도 받아야 했다.

"빌어먹을 드래곤 때문에 우리만 죽어나는군. 설마 리스트에 있던 팀이 다 거절하다니. 중국 쪽 팀은 믿을 만했으면 좋겠는데."

"성공 보수로 받는 일인데 믿을 만한 팀을 보냈을 겁니다. 리우 신 정도면 유명한 초능력자 아닙니까."

"그렇긴 하지. 그렇지만 중국 놈들은 유능하면 유능한 대로 무섭단 말이지. 우리 쪽에서 무슨 짓을 할지 모르잖아."

"일단 각하의 아드님을 빼 오는 것만 생각합시다."

"그래. 그래야겠지."

"한국 정부 쪽에서 응답이 왔는데요. 엉클 조 컴퍼니라는 팀이 참가한다는데……. 아십니까?"

"몰라. 내가 한국 쪽 팀을 다 꿰고 있는 것도 아닌데. 어쨌든 한국 정부 쪽에서 보낼 정도면 기본적인 실력은 있는 팀이겠지. 허락해. 지금은 한 팀도 아쉬운 상황이니까."

"거짓말을 하고 있네요."

"예?"

"자료 보면 현재 러시아에서 동원 가능한 팀이 이런 구출 작업에 익숙하지 못해서 외부 팀을 불렀다고 했는데, 말이 안 됩니다. 러시아도 중국만큼이나 정부의 힘이 센데 내부에서 시도를 안 했을 리가 없죠. 이건 몇 번 시도하고 실패한 겁니다."

게이트 4국은 전부 다 시스템이 달랐다. 한국과 미국은 들어가기 싫어하는 팀에게 억지로 명령할 수 없었지만 중국과 러시아는 그게 가능했다. 중국은 대놓고, 러시아는 비밀리에라는 차이점이 있었지만 그건 큰 의미가 없었다.

"몇 번 시도하고 나서 실패하니 팀의 손실이 걱정되고, 구출은 해야 하니 자원을 걸고 외부로 도움을 요청한 거겠죠. 실패 사례를 숨긴 건 다른 이들이 겁을 먹거나, 약점을 잡고 거래 조건을 바꾸지 못하도록 하기 위해서고. 꽤나 얄팍한 수작을 부리는데요. 눈치챌 사람은 다 눈치챌 텐데."

"항의할까요?"

"됐습니다. 알타라늄 산지 정도면 충분한 가치가 있으니까요."

어차피 수현이 원하는 건 분쇄기였다. 알타라늄도 탐이 나기는 했지만 그건 부차적인 수익이었다.

"그리고 한 가지 더……. 같이 들어갈 다른 팀도 있나 봅니다."

수현은 그다지 놀랍지 않았다. 러시아가 분쇄기를 갖고 나왔다는 건 원래 그가 가지 않았어도 어떻게든 몇 명을 구출해 왔다는 뜻이었다. 그렇다면 외부에서 부른 다른 팀이 활약을 했을 가능성이 컸다.

"누굽니까?"

"리우 신을 필두로 하는 중국의 초능력자 팀이군요. 아십니까?"

"이름만 들어봤습니다."

"금메달리스트가 뭐가 아쉬워서 카메론의 용병으로 뛰는지 말이 많았었죠. 실력이야 확실합니다만, 팀장님도 아시듯이……."

"중국 쪽 팀이라고요?"

"예. 조심하세요. 안 그래도 김수현 팀장님은 그렇게 좋은 인연이 아니잖습니까."

수현은 피식 웃었다. 국장이 무슨 소리로 하는지는 알고 있었다. 그가 과거로 돌아온 이후 중국 쪽 팀과 부딪힌 것을 이야기하는 거겠지.

하지만 수현과 중국 팀의 악연은 그 정도가 아니었다.

"그런데 팀이 여러 개라니. 보상은 어떻게 된답니까?"

"저기, 그……. 상대 쪽에서는 승자 독식으로 하자던데요."

"욕심도 많네요. 역시 그놈답다고 해야 하나."

"예?"

"아무것도 아닙니다."

Winner takes all. 구출을 성공했을 때 보상을 참가한 팀이 나누는 게 아닌, 각자 경쟁해서 구출한 팀만 보상을 받자는 소리였다. 어지간히 자신이 있는 게 아니라면 주장하기 힘든 방식이었다.

"사양할 거 없죠."

"정말 괜찮겠습니까? 팀장님, 중국 쪽 팀은 만만하게 보시면 안 됩니다. 미국이나 유럽계하고는 질이 달라요."

공자 앞에서 문자를 쓴다는 건 바로 이런 상황을 가리키는 말이리라. 수현은 국장을 한심하게 쳐다보지 않으려고 노력했다. 그도 나름 수현을 걱정해서 꺼낸 말이 아니겠는가.

"저도 알고 있으니 걱정하지 않으셔도 됩니다."

만만하게 보면 안 되는 건 오히려 수현이었다.

"추운 곳 좋아하는 사람?"

모두가 손을 내렸다. 수현은 염동력을 사용해 루이릴의 팔을 강제로 들어 올렸다.

"뭐, 뭐야?!"

"넌 강제 참가야."

"어째서?!"

"네 힘이 필요하거든."

"……."

"솔직히 이번 일은 그렇게까지 강한 전력이 필요 없다. 물량이 필요한 거면 러시아 측에서 빌릴 거고."

어차피 초능력 전력은 수현의 힘으로도 혼자 커버가 됐다. 저번에 일어난 중국 측과의 교전은 수현에게 한 가지 깨달음을 주었다.

그는 그의 생각보다 훨씬 강해져 있었던 것이다.

수현이 혼자서 해결하기 힘들 정도의 일이라면 다른 팀원들을 데리고 간다고 해도 해결하기 힘들었다. 그럴 바에는 이동하기 쉽게 인원을 줄이는 게 좋았다.

"그래서 상황에 맞춰서 쓸 만한 놈들만 데리고 갈 생각이다."

"나, 나도 갈게!"

"……?"

샤이나가 번쩍 손을 들었다. 수현은 고개를 갸웃거리며 되물었다.

"너 그쪽 출신 아니지 않나? 추위 괜찮겠어?"

"저기, 나도 북쪽 출신 아니거든……?"

자신과는 달리 샤이나는 배려해 주는 수현을 본 루이릴이 발끈해서 되물었다.

"그 정도 추위는 충분해!"

"그 정도라고 표현할 정도가 아닌데……. 참가하겠다면 말릴 거 없지. 좋아. 너도 준비해. 초능력자는 이 정도면 됐나."

"어?!"

김창식은 그의 팔이 갑자기 올라가자 경악해서 외쳤다.

"저는 왜요?!"

"추운 곳에서는 네 능력이 쓸 만하거든. 대체로 불을 싫어하는 놈들이라. 전력을 아끼자고."

네 명이서 북방의 추운 대지를 돌아다닐 생각을 하니 벌써부터 오싹해졌다. 김창식은 몸을 부르르 떨었다.

탁-

"……?"

"힘내라. 우리 몫까지."

운 좋게 빠진 정성재와 김동욱이 그의 어깨를 토닥거렸다. 오히려 울컥한 김창식은 그들의 손을 쳐냈다.

"저도 참가해도 되겠습니까?"

마지막으로 말을 꺼낸 건 고르간이었다.

"너도?"

"저는 북쪽 출신입니다. 도움이 안 되지는 않을 겁니다."

"씩씩해서 좋군. 좋아. 참가해. 나머지는 알아서 할 일 하도록."

러시아의 부탁을 받고 온 이상, 직접 먼 거리를 주파할 필요는 없었다. 북쪽으로 길을 타고 올라가면 러시아 정부에서 만든 기지들이 거리를 두고 배치되어 있었다.

"중국 쪽 팀은 언제 출발했습니까?"

"이틀 전에 출발했습니다."

"생각보다 빠르군요."

수현의 말에 러시아 기지 담당자는 수현을 기묘한 표정으로 쳐다보았다.

물론 소수 정예 팀이 없는 건 아니었지만, 5명은 그중에서도 적은 편이었다. 게다가 인원 구성은…….

'인간, 엘프, 오크, 다크 엘프까지?'

이렇게 독특한 팀도 보기 힘들었다.

"물자는 확인 끝냈고……. 그러면 출발하겠습니다."

"무운을 빌겠습니다!"

담당자는 수현에게 깍듯한 태도로 경례했다. 구성이 이상하거나 복잡하게 얽혀 있는 배경이 있다거나 하는 건 그가 신경 쓸 게 아니었다. 눈앞의 이들은 일단 조국의 과학자들을 구출하기 위해 온 이들이었다. 그런 이들에게는 존경심을 보여주는 게 그의 철칙이었다.

수현은 손을 한 번 흔들어주고서 출발했다. 저 멀리 흰색 대지 위의 하늘에서는 눈구름이 모여들고 있었다.

32장
북쪽 대지

“파워 아머를 갖고 오는 게 낫지 않았을까요?”

“파워 아머는 여럿이서 못 타잖아.”

지금 그들은 군용 차량을 타고 움직이고 있었다. 말이 군용 차량이지 카메론에서 안전하게 돌아다닐 수 있도록 몇 가지 개조를 더해서 방어력은 장갑차 수준이나 다름없었다.

물론 이래도 안전을 보장할 수 없는 게 카메론이었지만…….

“헉. 저희 때문에 파워 아머를 두고 온 겁니까?”

“아니, 파워 아머가 필요했으면 너희를 두고 파워 아머를 끌고 왔겠지. 파워 아머는 정면 승부나 물량 승부할 편리한 물건이야. 그 외에는 굳이 들고 올 필요가 없는 물건이지.”

"……?"

김창식은 이해가 가지 않는다는 얼굴로 고개를 갸웃거렸다.

"생각을 해봐라. 지금 실종된 러시아 연구팀이 그냥 일반 연구팀이냐? 대통령 아들이 낀 연구팀이다. 그런 연구팀을 오지로 보내는데 그냥 보냈을 것 같나? 가능한 전력은 다 따라붙었겠지. 그런데도 실종이 되었다는 건 뭔가 예상외의 사태가 터졌다는 것일 테고."

"예상외의 사태라면?"

"특수한 몬스터일 가능성이 크지. 강력한 초능력자라고 해도 독특한 능력을 가진 몬스터를 처음 상대한다면 당할 가능성이 크니까."

"……그러면 저희도 위험한 거 아닙니까?"

"우리가 위험한 일 한두 번 해보나?"

말은 그렇게 했지만 수현은 그다지 걱정하지 않고 있었다. 뭐가 어떻게 됐든 간에 이 연구팀은 생환에 성공한 것이다. 그렇다면 결국 그 수준의 위험이라는 뜻이었다.

오히려 수현이 신경 쓰고 있는 건 중국 쪽 팀이었다.

'무슨 생각으로 온 건지 신경 쓰이는데.'

알타라늄 산지는 충분히 매력적인 보상이기는 했다. 그러나 이번에 참가한 중국 쪽 인물은 리우 신이었다. 중국에서도 전폭적으로 밀어주고 있는 초능력자 중 한 명. 그런 그가 알타라늄 산지 하나 때문에 직접 참가했다는 건 어쩐지 믿기 어려웠다.

'러시아 쪽 정보는 중국 쪽이 더 잘 알고 있을 테고…….'

중국-러시아 관계가 한국-미국처럼 친밀한 관계는 아니었지만 그래도 나름의 공조 관계가 있었다. 수현이 분쇄기를 노리고 참가한 것처럼 중국 쪽 이들은 다른 걸 노리고 참가한 걸 수도 있었다.

'그런데 그런 게 있나?'

"서리 거인입니다."

거인 계열 몬스터 중에서 비교적 작은 덩치를 가졌지만 그 까다로운 특수 능력이 단점을 보완했다.

입에서 섬뜩할 정도로 차가운 냉기를 내뿜는 놈을 발견한 중국인들은 고개를 끄덕였다.

"정석대로 간다. 움직여."

"예!"

주변에 다른 몬스터가 없다는 걸 확인하자 그들은 행동을 개시했다. 가장 먼저 화염 계열 초능력을 가진 두 명이 나섰다. 눈보라가 쏟아지는 허공 위로 화염의 화살이 작렬했다.

—……!

등에 화끈한 충격을 느낀 서리 거인은 땅을 후려갈겼다. 진동이 느껴질 정도로 강한 충격이었으나 그런 것에 당황할 초능력자들은 여기에 아무도 없었다.

"계속 공격해! 놈의 신경을 끌어!"

몬스터는 하나지만 인간은 여럿이었다. 다각도에서 공격을 하면 놈은 혼란스러워질 수밖에 없었다.

그리고 리우 신이 나섰다.

서걱!

멀리서 움직였다고 생각했을 때 이미 그는 서리 거인의 발밑에 도착해 있었다. 적의 도착에 당황한 서리 거인이 입김을 내뿜기도 전에 그는 검을 휘둘렀다. 이번 일을 위해 중국 정부에서 지급한 아티팩트. 베인 부위가 강렬하게 타오르기 시작했다.

서리 거인이 한쪽 무릎을 꿇었다. 리우 신의 동작은 인간의 영역을 초월해 있었다. 육체 강화 계열 초능력, 그중에서도 민첩 계열의 초능력이었다.

무릎을 꿇은 서리 거인에게 폭격이 쏟아져 내렸다. 총 열두 명밖에 되지 않았지만 그들의 동작은 군더더기 없이 깔끔했다.

중국 쪽에서 공작을 위해 육성하고 있는, 초능력자를 상대하는 비 초능력자 팀과는 다른 강함이었다.

이들은 기본적으로 정체를 숨기지 않았다. 양지에서 당당하게 모습을 드러내고 활약하는 것이 그들의 임무였다.

"이동한다."

특수 제작된 슈트를 입고 움직이는 대원들의 눈빛에는 그들의 리더에 대한 존경심으로 가득했다. 운동선수로서 부와 명예를 버리고 국가에 대한 헌신을 위해 전장에 뛰어든 그들의 리더는 등으로 말하는 사람이었다.

"정지."

"……?"

"뭔가 이상하군."

수현은 내려서 주변을 두리번거렸다. 눈발이 짙게 흩날리는데 아랑곳하지 않고 밖에 나와 두리번거리는 수현을 본 루이릴이 이를 딱딱 부딪치며 물었다.

"으, 여기서, 뭐, 찾으려고 하는 건데?"

"누가 지나간 것 같은데."

"아무 흔적도 없잖아?"

발자국 정도는 쏟아져 내리는 눈이 바로 뒤덮을 게 분명했다. 그러나 수현은 고개를 저었다.

"같이 눈이 쌓였는데 이쪽만 지나치게 얕아. 여기서 한바탕 움직인 거겠지. 한바탕 움직였다는 건 싸움이 있었다는 거고……."

말과 함께 수현은 눈으로 뒤덮은 바위를 후려쳤다. 바위가 아닌 몬스터의 시체였다.

죽어서 얼어붙은 서리 거인의 시체를 본 수현은 눈썹을 찌푸렸다. 상대의 솜씨를 알 수 있었던 것이다.

'리우 신이군.'

카메론에서 몬스터와의 근접전을 즐기는 사람은 드물었다. 원거리에서 싸워도 위험한데 근접해서 싸우면 그 위험은 몇 배로 늘었으니까. 진심으로 근접전을 좋아해서 싸우는 건 리우 신이나 문서연 정도밖에 없었다.

"생각보다 느리게 움직였군. 따라붙을 수 있겠는데."

"따라붙어도 돼?"

"물론 좋을 건 없지. 서로 얼굴 봐서 좋을 입장도 아니고……."

대통령 아들의 목숨 따위는 상관없었다. 원하는 건 분쇄기였다. 문제는 그게 이 넓은 옐브르프스키 산맥 어디에 있느냐였다.

'가능성이 가장 큰 건 연구팀이 이미 발견해서 확보하고

있는 건데…….'

솔직히 아직 발견하지 못했기를 바랐다. 그러나 발견했을 가능성이 컸다. 실종된 이후 귀환할 때 아티팩트를 찾는 것보다는 실종되기 전 찾았다는 게 더 그럴듯했다. 귀환할 때는 아티팩트를 찾을 정신도 없었을 것이다.

'발을 좀 묶어둬야겠군.'

중국 팀이 분쇄기의 가치를 알아차리게 되면 일이 꼬였다. 그들도 수현처럼 수단과 방법을 가리지 않고 챙기려 할 테니까.

"여기에도 없습니다."

"혹시 이미 죽은 게 아닐까요?"

"그럴지도 모르지. 그렇다면 시체를 찾아라. 그러면 돌아갈 수 있다."

목적지 좌표를 중심으로 생존자들이 있을 법한 곳을 찾는 건 지루한 과정이었다. 그러나 리우 신은 표정 하나 변하지 않고 부하들을 재촉했다.

"어……. 후방에 몬스터가 나타났습니다! 서리 거인! 적어도 10체 이상!"

"……?!"

서리 거인은 집단으로 몰려다니는 놈이 아니었다. 그런 놈이 갑자기 후방에서 우글거리면서 나타나다니. 리우 신은 재빠르게 결정을 내렸다.

"후퇴! 안쪽으로 들어간다."

"예!"

그리고 그걸 지켜보는 이들이 있었다.

수현과 그의 팀원들이었다. 방금 있었던 일들을 떠올리며 루이릴은 질린 표정을 지었다.

'각자 가능한 수단으로 서리 거인을 공격한다. 물론 숨어서.'

그 말을 들은 루이릴은 어디 숨을 곳이 없나 고개를 두리번거렸다. 그러나 수현은 그녀의 어깨를 잡고 말했다.

'넌 미끼야.'

'…….'

몰려든 서리 거인들은 순간이동으로 거리를 벌리는 루이릴을 쫓아 포효하며 질주했다.

마지막에 허공으로 순간이동해서 놈들의 추격을 벗어났지만, 등에 땀이 나는 경험이었다. 집채만 한 몬스터들이 뒤에서 달려오는 건 유쾌한 경험이 아니었다.

"저쪽에서 있었다는 건……. 이미 저쪽은 수색을 끝냈나 보군.”

수현은 얄미울 정도로 그들을 철저히 이용했다. 산맥의 지역을 간단하게 나눠서 머릿속에 그린 수현은 수색할 지역을 다시 잡았다.

“그러면 우리는 반대쪽으로 간다.”

“지금 움직일까?”

“아니, 기다려.”

수현은 원견을 작동했다. 가성비로 따지자면 최고의 효율을 보여주는 능력이었다. 특히 이런 상황에서는 더더욱. 산맥이 넓다고 해봤자 공격을 피해 도망친 생존자들이 숨을 만한 곳은 한정되어 있었다.

‘동굴 위주로…….’

“어? 눈이 그쳤네.”

“그래? 움직이기 좋겠는데. 찾았다. 가자.”

다른 이들은 직접 몸으로 때워야 하는 일들을 수현은 초능력 하나만으로 해결해 버렸다. 산맥 중턱에 위치한 동굴에서 불빛이 나오는 걸 발견한 수현은 그곳으로 목적지를 잡았다.

“밖에 나가면 안 됩니까?”

"……나가고 싶으면 나가 봐."

갇혀 있는 사람들치고 그들의 안색은 나쁘지 않았다. 동굴 안에는 연구자들과 그들을 호위하기 위해 붙은 군인들, 그리고 초능력자 팀이 있었다. 공격을 당해 실종되었는데도 그들의 모습은 멀쩡해 보였다.

딱-

"아. 뭡니까!"

"개소리하지 말고 제대로 말려."

나가고 싶으면 나가라고 말했던 남자의 뒤통수를 후려갈기며, 초능력자 팀의 대장이 피곤한 목소리로 말했다.

"우리는 살아서 돌아갔는데 저놈만 죽어봐라. 우리는 그날로 망명해야 해."

"에이, 진짜……."

그들의 전력은 나름 괜찮았다. 예상치 못한 기습을 받았지만 워낙 기본 인원이 많았기에 반파된 전력만으로도 충분히 빠져나갈 전력이 됐다.

그러나 그들은 움직이지 않고 기다렸다. 대통령의 아들인 드미트리 때문은 아니었다. 물론 섣불리 움직였다가 그를 죽게 할 수는 없었지만, 근본적인 이유는 밖에 있는 몬스터 때문이었다.

"기다려. 구조대가 올 거다."

"아직까지 아무도 안 왔습니다만."

"우리는 몰라도 저놈이 있는데 안 올 리가 없지. 물자는 충분해. 버텨."

초능력자들이 떠드는 걸 보며 연구자들은 울적한 표정으로 시선을 돌렸다. 동굴 밖에 설치된 카메라는 바깥의 상황을 보여주고 있었다.

그들의 상황만 아니라면 경치를 즐겼겠지만, 지금 그들은 그럴 상황이 아니었다.

"드미트리, 연구 자료나 챙기자고."

"네……."

"그거 꼭 다 들고 가야 합니까? 필요 없는 건 버리시지."

"안, 안 됩니다. 이게 얼마나 중요한 건데요."

연구자들이 들고 있는 잡동사니들을 보며 초능력자들은 한숨을 쉬었다. 노골적으로 반목하지는 않았지만 서로 이해하기 힘든 건 마찬가지였다. 이런 상황에서 저런 물건들을 버리지 않다니.

카메론 북쪽의 환경 조사와 더불어 유적지로 발견된 곳을 확인하기 위해 여기로 왔다. 유적지 자체에는 별다른 문제가 없었다.

옛 이종족들이 쓰던 물건들을 하나하나 챙긴 게 살짝 귀찮았지만 그건 감당할 수 있는 수준이었다. 옮길 장비야 넘쳤으니까.

"이 항아리 안에 든 종자는 아주 잘 보존이 되어 있어서, 갖고 돌아간다면……."

"예. 예. 알겠으니 거기까지만 하세요."

이반은 귀찮다는 듯이 손을 내저었다. 드미트리를 어떻게든 데리고 가는 게 그의 목적이었지만 그렇다고 지겨움이 사라지는 건 아니었다.

애초에 이 모든 일은 저 연구자 놈들이 고집만 안 부렸어도 일어나지 않았을 일 아닌가!

유적지에서 나온 후 그는 바로 귀환하기를 원했지만 연구팀은 조금 더 머물러서 데이터를 수집하기를 원했다. 별다른 문제도 없었기에 그는 허락했다.

그리고 그 허락이 아주 큰 실수였다는 걸 깨닫기까지는 오래 걸리지 않았다.

용을 연상시키는 겉모습, 투명한 얼음으로 이루어진 몸체. 적을 희롱하고 짓밟는 교활하고 난폭한 심성.

아이스 드래곤은 어스 드래곤처럼 유사 용족 몬스터였지만 그 위력은 그들을 박살 내기에 충분했다.

이반이 기지를 발휘하지 않았더라면 그들은 거기서 전멸했을지도 몰랐다. 그들은 간신히 동굴 안에 차린 임시 기지로 대피할 수 있었다.

드미트리라는 짐이 있는 상황에서 놈을 상대하고 싶지는 않았다. 이반은 틈을 노려 빠져나가려고 했지만, 아이스 드래곤은 어떻게 된 것인지 그들이 산맥에서 나오기만 하면 포효하며 나타났다. 두 번의 시도로 벌써 여덟 명을 추가로 잃은 상태였다.

결국 이반은 기다리는 걸 선택했다. 일종의 협박 비슷한 기다림이었다. '드미트리가 여기 있는데 너희들이 우리를 구출하러 오겠지' 비슷한 협박.

"계십니까?"

"……!"

동굴 입구에서 들리는 목소리에 이반은 몸을 벌떡 일으켜 세웠다. 구조대가 언젠가 올 거라고는 생각했지만 설마 이런 식으로 올지는 몰랐다.

"뭐, 뭐야?!"

"구조대죠."

독특한 구성의 인원이 안으로 들어오는 걸 본 러시아인들은 입을 벌렸다. 생각보다 이들의 상태가 멀쩡한 걸 깨달은 수현이 의아하다는 듯이 물었다.

"생존자가 있을 거라는 말은 들었는데, 의외로 괜찮군요?"

"한국 쪽 팀입니까?"

"러시아 정부 요청을 받고 왔죠."

"어……. 감사합니다. 이반입니다."

"누가 드미트리?"

"저 사람입니다."

"흐음……."

수현은 무테안경을 쓴, 어딘가 유약한 느낌을 보여주는 사내를 보고서 고개를 끄덕였다.

"그래서, 무슨 일이 있었던 겁니까?"

아이스 드래곤에 대한 설명을 다 듣기까지는 그다지 오랜 시간이 걸리지 않았다. 수현은 고개를 끄덕거리며 속으로 생각했다.

'까다로운 놈에게 걸리긴 했군.'

예상했던 대로 특수한 능력을 가진 몬스터에게 공격당해 갇힌 상태였다. 예상 밖인 점은 갇혀 있음에도 불구하고 다들 상태가 괜찮았다는 것.

몬스터가 도망친 먹잇감을 끝까지 쫓지 않는 데에는 특별한 이유가 있어야 했다. 러시아인들은 그들이 운 좋게 빠져나왔다고 생각하고 있었지만 수현이 보기에는 명백히 이상했다.

한 번도 아니라 몇 번을 만나고 도망쳤는데 따라잡히지 않았다니.

“그런데……. 구조대는 이게 전부입니까?”

이반이 무슨 생각을 하는지 뻔히 보였다. 그들도 나름 실력에 자부심을 갖고 있는 사람들이었다. 그런 이들이 깨져서 도망쳤는데 고작 몇 명 더 추가된다고 달라질 것 같지는 않겠지. 수현은 친절하게 대답했다.

“다른 구조대는 따로 행동하고 있습니다. 상황이 상황인지라 서로 협력하는 데에는 실패했거든요.”

“아, 이런……. 더 기다렸다가 합류해야 하나……. 찾아오기 쉽게 신호를 보낼까요?”

“그것도 나쁘지 않겠군요.”

몬스터를 부를 위험도 있었지만 그보다는 한시라도 빨리 전력을 모으고 싶었다. 이반은 수현의 허락에 부하를 불렀다.

“그 아이스 드래곤 말입니다. 아마 이 산맥 가운데 평지에서만 머무르는 특별한 이유가 있는 것 같습니다. 특수한 지역에서 힘을 더 받는다거나…….”

“……?!”

수현의 말에 이반은 고개를 돌렸다.

“뭐라고요?”

“놈을 세 번 만났고 계속 후퇴를 했는데 아직까지 이곳은 잡히지 않았잖습니까. 그렇다면 이유가 있는 거겠죠."

"……!"

이반은 순간 부끄러워졌다. 외부인은 오자마자 상황을 듣고 냉정하게 판단해 몬스터에 대한 것을 분석해냈는데 그는 그에 비해 너무 안일하게 있었던 것이다. 저런 분석은 원래라면 그가 했어야 했다.

"그, 그렇군요."

그는 속으로 수현에 대한 판단을 수정했다. 역시 이런 곳까지 올 정도의 초능력자면 범상한 인물이 아니었다.

"혹시 더 알아내신 게 있습니까?"

"세 번 만났는데, 각자 움직이는 시간대는 달랐겠죠?"

"저희가 그 정도로 멍청하지는 않습니다."

몬스터와 한 번 만났고 도망쳤을 때, 다음 시도에서는 시간을 바꾸는 게 기본이었다. 몬스터도 활동하는 시간대가 있을 테니까. 실제로 세 번의 시도는 모두 다른 시간대에 도전된 일이었다.

"그런데도 만났으면, 놈이 여러분을 잡아내는 능력이 있는 것 같은데요."

"확실히 그건……."

'잠깐, 우리도 평지를 지났는데. 뭐지?'

특정 구역을 지나는 생명체만 보면 맹렬하게 공격해대는

몬스터는 그다지 특이한 게 아니었다.

그러나 어떤 놈은 공격하고 어떤 놈은 공격하지 않는 건 특이했다.

수현과 다른 팀원들도 평지를 지나서 들어왔다. 아이스 드래곤이 인간을 잡아내는 능력이 있었다면 바로 공격을 해왔을 것이다.

"바로 안 내려가?"

"내가 말해봤자 듣지도 않을 테고. 억지로 말해봤자 감정만 상하겠지. 좋게 가자고."

수현은 이대로 내려가도 아이스 드래곤을 잡을 자신이 있었지만, 러시아인들은 그 말에 설득력을 느끼지 못할 것이다.

괜히 억지로 끌고 가봤자 감정만 상할 가능성이 컸다. 어차피 수현이 노리는 건 다른 것이었으니 느긋하게 기다려줄 수 있었다.

러시아 측 초능력자들이 신호를 보내고 주변의 몬스터가 오는지 확인하기 위해 분주하게 움직이는 동안, 수현은 연구자들에게 접근했다.

"그쪽이 드미트리라고요?"

"네? 네……."

"생각보다 젊으시네요. 그런데 굳이 여기까지 와서 연구할 필요가 있었습니까? 이런 곳에 뭐가 있다고.”

“할 필요가 있었습니다.”

드미트리는 의외로 완고했다. 이런 상황에 처해 있음에도 불구하고 그는 스스로의 선택에 후회하지 않는 것처럼 보였다.

“이건 좀 무례한 질문일 수도 있는데, 다른 사람들은 괜히 당신 때문에 휘말린 걸 수도 있잖아요?”

“그, 그건……. 아닐 겁니다.”

말하면서도 드미트리는 아픈 곳을 찔린 표정이었다. 연구진들이야 그렇다 쳐도 이 호위 병력은 그가 대통령의 아들이 아니었다면 붙지 않았을 병력이었다. 구조대도 마찬가지였다. 그는 약한 목소리로 덧붙였다.

“……제가 대통령의 아들인 건 제 잘못이 아니잖습니까.”

“솔직하시네요. 연구하러 온 게 그만한 가치가 있기를 빌겠습니다. 기다리는 동안 시간이 남을 텐데, 혹시 뭘 조사하러 왔는지 물어봐도 되겠습니까?”

그 말을 들은 드미트리의 얼굴이 환해졌다. 수현은 무의식적으로 한 걸음 뒤로 물러섰다. 그는 이 표정을 아주 잘 알고 있었다.

예전에 최지은도 평소에는 얼음처럼 차갑게 무표정하다가 좋아하는 것에 대해 설명할 때가 되면 평소의 태도가 거짓말이었던 것처럼 나섰으니까.

'과학자는 다 이런가?'

"기밀을 지켜야 하는 거라면……."

"아뇨, 아닙니다. 기밀도 아닐뿐더러 우리를 도와주러 오셨는데 이거 하나 못 알려드릴 순 없죠. 이쪽으로 오시죠. 저희는 이번에 이 카메론 극지방에 서식하는 식물에 대해 조사하려 했습니다. 거기에, 옛 유적지에 남아 있는 식물의 종자도 포함해서요. 다행히도 성과가 있었죠!"

밖에서는 아이스 드래곤을 상대하지 못해 죽을 수도 있었는데 이 철없는 연구자는 얻어낸 성과에 기뻐하고 있었다. 기본적으로 성격이 나쁜 것 같지는 않았지만 어딘가 나사가 하나 빠져 있는 사람이었다.

'뭐 집안이 빵빵하니……. 성격 더럽지 않은 것만으로도 대단하지.'

대통령 아들로 지내오면서 저렇게 예의를 지킬 수 있다는 것만으로도 점수를 받을만했다.

"저게 이번에 구해온 겁니까?"

"네. 안을 보시면 알겠지만 추위 때문인지 아주 완전하게 보존이 되어 있었습니다. 이런 행운은 정말 흔치……."

수현은 빠르게 잡동사니들을 훑어보았다. 찾는 것은 하나. 분쇄기였다. 얼마 지나지 않아 수현은 원하는 것을 찾아낼 수 있었다. 구석에 박혀있는 둥그런 모양의 찌그러진 청동 그릇.

분쇄기였다.

아티팩트는 옛 이종족들이 만든 물건이었고, 그런 만큼 나름 상징성이 있는 물건인 경우가 많았다. 검 같은 무기 계열이나 반지나 팔찌 같은 장신구 계열은 가장 대중적으로 보이는 아티팩트였다.

그러나 가끔, 정말 왜 이런 물건으로 만들었는지 알 수 없는 아티팩트가 나오곤 했다. 분쇄기는 그런 케이스였다.

'다행이다. 아직 눈치 못 챘었군!'

생김새가 생김새고, 능력 자체가 워낙 이질적이다 보니 초능력자들이 눈치를 못 챈 모양이었다. 수현은 그들이 저 그릇을 만져보기나 했을지 의문이었다.

"혹시 캑터스 플라워 아십니까? 따뜻한 정글 지역에서만 피는 꽃인데, 놀랍게도 북쪽에서도 비슷한 종이 있습니다. 전혀 효과는 다르지만……."

"아. 설명하는데 죄송하지만 잠시만요."

수현은 신나서 떠드는 드미트리를 말리고 루이릴에게 손짓했다.

"왜?"

"저 청동 그릇. 무조건 훔쳐서 갖고 나와."

드미트리에게 말을 건 것은 분쇄기를 빼내기 위해서였다. 그러나 루이릴에게 그 말은 전혀 이해가 가지 않는 명령이었다.

"진짜 저걸 빼내오라고?"

"저거 하나 없어져도 모를 테니 더 쉽지 않나?"

"아니, 그거야 그런데. 저걸 왜?"

"다 이유가 있어. 조용히 빼내."

"알겠어. 알겠어. 하면 되잖아."

루이릴은 더 이상 묻지 않고 고개를 끄덕였다. 수현이 이상한 걸 시키는 게 어제오늘 일은 아니었다. 이제 그녀도 어지간하면 시키는 대로 하는 습관이 들어 있었다.

그런 둘의 모습을 샤이나가 침울한 눈길로 쳐다보았다. 그녀의 귀는 축 처져 있었다.

'포슈칸 호랑이라도 데리고 올걸…….'

그랬다면 활약하기 더 좋았을지도 몰랐다. 현재 호랑이는 그녀의 말만 들었으니까. 그러나 수현은 단번에 거절했다.

"안 돼. 기후도 전혀 반대잖아. 데려갔다가 문제만 생긴다. 게다가 거기에 러시아 사람들이 득시글거리는데 특이한 몬스터를 길들인 걸 보면 괜한 일까지 꼬일 수 있다고."

그녀의 능력을 아쉽게 생각한 적은 없었지만 루이릴이 순간이동으로 활약하는 걸 보니 초조함을 감출 수가 없었다.

"김수현 씨. 저 밑에서 올라오는 팀이 다른 구조대 맞습니까? 솔직히 이 주변에서 돌아다니는 사람들이 구조대가 아닐 것 같지는 않습니다만……."

"맞네요."

멀리서 리우 신을 필두로 한 중국인들이 보였다. 수현은 턱을 긁적이며 생각에 잠겼다. 예전에는 그렇게 까다롭던 적이었는데 지금은 저 밑의 존재로밖에 보이지 않았다.

'저놈들은 어떻게 하려나.'

"더 기다릴 이유가 없습니다. 바로 돌파합시다."

리우 신은 팔팔했지만 다른 중국인들의 얼굴에는 어딘가 피곤함이 엿보였다. 수현은 그걸 보고 속으로 휘파람을 불었다. 시간을 끈 게 아주 제대로 먹힌 모양이었다.

"지금 바로요? 다른 구조대는……."

"드래곤 슬레이어 프로젝트의 여파 때문에 다른 구조대는 더 올 가능성이 희박합니다. 중국 쪽에서는 저를 제외한 다른 팀은 오지 않을 겁니다. 한국 쪽은 어떻습니까?"

"비슷하죠."

"그러면 계획을 짜는 대로……."

"아뇨, 먼 거리를 왔으니 휴식 정도는 취하시죠."

수현은 리우 신 밑의 대원들을 가리켰다. 지적을 당한 리우 신의 굵은 눈썹이 꿈틀거렸다.

'이걸 놓칠 놈이 아닌데?'

"……그렇군요. 감사합니다. 하루 휴식을 취하고 출발하도록 합시다."

수현은 찜찜함을 느꼈다. 원래라면 분쇄기를 갖고 천연덕스럽게 빠져나갈 생각이었는데, 무언가 더 있다는 확신이 들었다.

이런 일에 참가하지 않을 리우 신의 참가. 거기에 이상할 정도의 성급함.

'뭐지, 뭔가 놓치고 있는 것 같은데…….'

어차피 상관없었다. 수작을 부리려면 부리라는 생각이 들었다. 어떤 방법으로든 이제 수현은 정면승부를 할 자신이 있었으니까.

―아이스 드래곤의 가장 까다로운 점은 그 재생력입니다.

어지간한 공격을 맞아봤자 그대로 회복하더군요. 애초에 공격이 제대로 통하는 것인지도 의문이었습니다.

–화염 계열 공격은 어떻습니까?

–다른 공격보다는 효과적이었지만 그것도 치명타로는 부족하더군요.

아이스 드래곤의 재생력은 트롤과는 다른 종류의 재생력이었다. 그건 차라리 유령 계열의 재생력에 가까웠다. 얼음으로 된 몸체를 치면 쉽게 부서졌지만 놈은 곧바로 다시 얼음으로 된 몸체를 재구성했다.

'환수 타입에 가까운 놈인데…….'

–굳이 잡을 필요는 없습니다. 인원이 늘어났으니 견제하기도 쉬워졌을 겁니다. 견제하면서 빠져나가는 것도 계획에 둡시다.

–1순위는 마주치지 않고 빠져나가는 것, 2순위는 견제하며 빠져나가는 것으로.

–그렇게 하죠.

–다른 주의할 점은……. 놈은 냉기를 다뤄서 쏘아 보낼 수 있습니다. 초능력으로 막을 수는 있지만 보통 지독한 게 아니니 주의해 주십시오. 그리고 무엇보다, 드미트리 씨가 다치면 안 됩니다.

모두의 이해가 일치했다. 드미트리는 절대로 다치면 안 될 화물이었다.

–저희 쪽 치유 능력자를 드미트리 씨에게 붙여드리겠습니다.

–감사합니다. 목숨 걸고 싸우기 전에 이런 부탁을 해서 면목이 없습니다.

러시아 측 치유 능력자는 지난번 시도 때 아이스 드래곤에게 목숨을 잃었었다. 그 말을 들은 리우 신은 그의 팀을 드미트리 가까이 붙여 놓았다.

그들은 몇 가지 상황을 상정해 그에 따른 움직임을 미리 정해놓았다. 모두 프로였기에 대화가 빨랐다. 마지막 점검이 끝나자 그들은 바로 출발했다.

"안 나오는데?"

"이번에는 혹시……."

"물러서!"

"……!?"

콰과과광!

중얼거리는 인간의 말을 비웃기라도 하는 것처럼, 평지를 부수고 놈이 나타났다. 반짝거리는 얼음의 몸체를 가지고 인간을 내려다보는 몬스터. 아이스 드래곤이었다.

수현이 미리 경고해 준 덕분에 애꿎은 피해자들이 더 늘지 않았다. 거의 짐승 같은 본능으로 한 발짝 앞서서 예측한 수현을 보고 이반은 혀를 내둘렀다.

기습을 당한 와중에도 수현은 냉정했다. 수현은 놈의 눈동자를 쳐다보았다. 놈의 이상하게 구는 데에는 분명 이유가 있을 것이다.

"……?"

아이스 드래곤은 분명 루이릴을 노려보고 있었다. 놈이 아가리를 열더니 얼음으로 된 송곳들을 쏘아냈다. 얼어붙은 대지 위로 얼음송곳이 박히며 소름 끼치는 소리를 만들어냈다.

"왜 나만?!"

'몇 번 놓친 적도 아니고 루이릴을 가장 먼저 노렸다는 건……?!'

수현은 수신호를 보내며 포메이션을 잡음과 동시에 깨달았다. 저놈은 인간을 탐지하고 있는 게 아니었다. 저놈은 아티팩트, 분쇄기를 탐지하고 있는 것이었다!

놈은 루이릴이 사라지자 고개를 두리번거렸다. 그 동작에 더욱 확신이 섰다. 그러는 사이 인간들은 놈을 상대할 준비를 마쳤다. 거대한 환수를 둘러싸고 포위하는 모습이 마치 야수를 몰이 사냥하는 원주민 같았다.

"화물 똑바로 챙겨라!"

아이스 드래곤이 나타났지만 중국 쪽 초능력자들은 전혀

당황하지 않았다. 놈과의 싸움을 한 번은 겪고 넘어갈 거라고 모두가 각오하고 있었기 때문이었다.

리우 신의 외침과 함께 중국인들은 드미트리를 보호하기 위해 진형을 짰다. 동시에 빠져나갈 타이밍을 잡기 위해 날카롭게 눈을 번뜩였다.

얼떨결에 화물이라고 불렸지만 연구자 중에서 그걸 불평하는 이들은 아무도 없었다. 상황이 상황이었다. 그들은 이번에는 빠져나갈 수 있기를 기도하며 시키는 대로 움직였다.

퍽!

선공을 시작한 건 이반의 러시아 팀이었다. 아이스 드래곤의 머리를 노린 맹렬한 공격이 터져 나왔다.

순간, 놈이 비틀거리며 머리를 흔들었다. 수현은 러시아 쪽에서 충격파를 쓸 수 있는 능력자가 있다는 걸 깨달았다.

퍼퍼퍽!

얼음으로 된 놈의 머리가 절반쯤 깨져 나갔다. 보통 몬스터라면 이 정도쯤 왔을 때 승리를 확신할 수 있었겠지만 이반의 얼굴에는 긴장감만이 가득했다. 놈과의 싸움은 이제 막 시작되었을 뿐이었다.

휘익-

"그쪽으로 간다!"

아이스 드래곤을 상대하기 위해 각 팀은 거리를 꽤나 벌려

둔 상태였다. 놈은 머리가 반쯤 깨진 상태에서도 몸을 원상 복구하지 않고 움직일 수 있었다. 날카로운 채찍같이 생긴 꼬리가 움직이며 엉클 조 컴퍼니를 노리자 이반이 다급하게 외쳤다.

"흡!"

고르간은 알타라늄 방패로 몸을 보호함과 동시에 샷건을 들어 놈을 쏴버렸다. 소이제가 포함된 탄환이 허공에서 불길을 일으키며 놈의 꼬리에 작렬했다.

쾅!

그러나 아이스 드래곤의 꼬리는 그런 공격에 아랑곳하지 않고 고르간 위로 직격했다. 방패에서 느껴지는 충격에 고르간은 이를 악물었다.

"잘했다, 고르간!"

그가 맡은 역할은 미끼였다. 자원해서 나선 그의 의지를 수현은 높게 평가했다. 초능력자만 활약할 수 있는 건 아니었다. 능력만 있다면 일반인도 충분히 활약할 수 있었다.

고르간을 공격하느라 놈이 멈춘 사이를 틈타 엉클 조 컴퍼니가 나섰다. 김창식은 화염 화살을 정확하게 놈의 몸통에 작렬시켰다. 그의 초능력인 가짜 화염이 아닌, 아티팩트를 이용한 진짜 공격이었다.

동시에 샤이나가 불러낸 검은색 짐승이 달려들었다. 아이스 드래곤은 성가신 듯 몸을 이리저리 흔들며 거리를 벌리려 들었다.

'머리가 효과가 없다면…….'

묵직한 파열음이 들렸다. 그리고 믿을 수 없는 일이 벌어졌다. 자리에 있던 이들의 눈동자가 커지고, 누군가의 입에서는 '말도 안 돼'라는 소리가 새어 나왔다.

아이스 드래곤의 몸통이 일격에 터져나간 것이다.

'어떻게?!'

모두의 시선이 수현에게 집중되었다. 수현은 치유 능력자. 저런 이변을 보여주려면 아티팩트밖에 방법이 없었다. 수현은 노골적으로 손을 뻗어서 아이스 드래곤을 조준하고 있었다. 그의 손가락에 끼워진 투박한 구리 반지가 유난히 돋보였다.

'저 정도 아티팩트가 한국에 있었다니!'

초능력자의 위력은 개인의 성장에 따라 성장할 여지가 있었지만 아티팩트의 위력은 아무리 사용자가 성장해도 고정이 되어 있었다. 괜히 좋은 아티팩트에 고가의 프리미엄이 붙는 게 아니었다.

그리고 지금 수현이 보여준 염동력은 상상을 초월했다. 저 정도 염동력을 가진 아티팩트는 어느 국가에 가든 국가 관리 아티팩트로 지정될 것이다.

러시아인도, 중국인도 복잡한 눈빛으로 수현을 쳐다보았다. 저런 아티팩트를 들고 있다는 것이 그들의 생각을 복잡하게 만들었다.

'생각보다 더 대단한 놈이었나?'

"어떻게 할까?"

"루이릴, 놀라지 말고 들어."

"……?"

"네가 갖고 있는 그 그릇. 그것 때문에 놈이 널 노리는 것 같다."

"……."

루이릴은 차갑게 식은 눈빛으로 수현을 쳐다보았다. 그녀는 당장에라도 분쇄기를 수현에게 건네주고 싶어 하는 눈치였다.

"알고만 있으라고. 조금만 더 들고 있어. 어차피 넌 공격에 참여도 안 하잖아."

"말이 너무 심하지 않아?!"

수현은 독공을 사용해 강력한 합성독을 만들어냈다. 혼자만 있었다면 염동력으로 독탄을 조종해 놈의 몸에 꽂아 넣었을 테지만, 지금은 그러고 싶지 않았다. 다른 이들의 눈이 있었던 것이다.

강력한 위력을 보여주는 염동력 아티팩트만으로도 충분히

놀랄 만한데, 그 아티팩트가 사용 방식이 고정된 게 아니라 범용성까지 높다는 걸 안다면 그 놀라움은 몇 배로 뛸 것이다. 일이 끝나고 한국 정부 쪽에서 아티팩트 좀 보여 달라고 굽실거리는 건 사양이었다.

"생각보다 그렇게 강하지 않은데요?"

"입조심 해라. 러시아인들이 바보인 줄 아나?"

리우 신은 중얼거리는 부하를 보고 타박했다. 멀리서 그의 입 모양을 읽고 있던 수현은 속으로 생각했다.

'저쪽에도 김창식 같은 놈은 있군.'

방금 말했던 걸 듣기라도 한 것처럼, 아이스 드래곤은 본체를 재구성하기 시작했다. 대지에서 안개가 솟구치듯이 냉기가 휘몰아쳤다. 놈이 나타난 곳은 엉클 조 컴퍼니와 가까운 곳이었다.

"됐어! 화물 밖으로 옮겨라!"

아이스 드래곤이야 어쨌든 최우선으로 해야 하는 건 드미트리를 필두로 한 연구진의 구출이었다. 놈이 루이릴을 노리고 쫓아오는 사이 단단히 막혀 있던 출입로에 구멍이 생겼다. 이반은 놓치지 않고 명령했다.

"뒤도 돌아보지 말고 달려! 놈의 발은 우리가 막겠다!"

"예!"

드미트리 일행은 빠르게 전장을 이탈하기 시작했다. 이반은 속으로 한숨을 돌렸다. 어째서인지 놈이 저번처럼 집요하게 쫓아가지 않았다. 저번에는 공격을 맞거나 말거나 드미트리 일행만 끝까지 쫓아가는 것 때문에 단단히 고생했던 것이다.

일단 목표 하나는 해결한 셈이었다. 이제 놈을 공격해서 쓰러뜨리거나 빠져나가면 됐다.

"어……. 대장. 저거……."

아이스 드래곤은 공격으로 입은 피해만을 회복하지 않았다. 놈은 본체를 재구성하고 다른 곳에 분신을 만들어내기 시작했다.

"분신 능력도 있었나?"

"그런 능력은 없었는데?!"

놈은 대지를 울리는 소리를 만들어내며 단단히 길을 막았다. 얼음으로 만들어진 놈의 눈동자가 왠지 모르게 수현을 노려보는 것 같았다.

'……설마 나 때문은 아니겠지?'

수현이 워낙 강렬하게 능력을 보여준 것 때문에 아이스 드래곤이 전력을 다해 막으려는 것이 아닌가 싶었다. 그렇지 않다면 러시아인들을 상대할 때는 보여주지 않던 모습을 이번에서만 보여줄 리는 없지 않은가.

"온다! 피해라!"

셋으로 늘어난 아이스 드래곤이었지만 상대법은 달라지지 않았다. 합공만 할 수 없었을 뿐, 그들의 전력은 아직도 멀쩡했다.

"이 짓도 오랜만에 하는데……."

수현은 앞으로 뛰어들어서 아이스 드래곤에게 접근했다. 치유 능력과 염동력이 있는 이상 근접전도 그다지 위험하지 않았다. 그가 노리는 건 독이었다. 놈의 몸속에 직접 주입시킬 독.

사람을 그대로 얼려버리는 시린 냉기가 폭포처럼 쏟아져 내렸다. 생물인 이상 저런 걸 맞으면 그대로 얼어붙게 될 것이다. 수현은 염동력으로 방패를 만들어 냉기를 위로 튕겨냈다.

'일단 한 놈.'

수현은 손을 뻗어 아이스 드래곤의 다리를 후려쳤다. 얼음으로 된 놈의 몸이 수현의 손이 닿은 곳을 중심으로 검게 물들어갔다.

놈은 냉기를 쏘아대다가 비틀대더니 그대로 무릎을 꿇었다. 아까까지 외적인 공격으로 후려쳐도 끄떡없던 놈이 보여주는 모습치고는 지나치게 약한 모습이었다.

"몬스터치고 내성이 약하군. 고르간, 다음 공격 때는 이

탄을 써라.”

“예!”

리우 신을 필두로 한 중국인들이 무슨 이유로 온 건지 알 수 없는 상황에서 초능력을 낭비할 생각은 없었다. 염동력은 가성비가 좋지 않은 초능력이었다. 수현은 권총을 꺼내 탄환에 독을 넣으며 주변을 훑어보았다.

아이스 드래곤의 목에서 불꽃이 튀고 있었다.

리우 신은 허공으로 높게 뛰어올라 아이스 드래곤의 목을 그대로 베어버렸다. 일도양단이라도 할 듯한 기세였고 실제로 그럴 만한 위력이 있었다. 아티팩트의 효과로 인해 놈의 목에서는 불꽃이 튀고 화염이 붙었다.

러시아인들도 마찬가지로 잘 상대하고 있었다. 냉기를 뿜어대며 덤비던 아이스 드래곤은 벌써 몸의 1/3이 날아가 있었다.

‘분신을 만들어내더라도 분명 한계가 있을 텐데.’

세상에 대가 없는 능력은 없었다. 환수형 몬스터라도 저렇게 계속 분신을 만들어내고 재생을 할 수는 없었다. 계속 때리다 보면 언젠가는 한계가 온다.

문제는 이쪽도 사람이라는 점이었다. 초능력자들의 초능력은 무한하지 않았고 몬스터보다 고갈이 빨리 오면 빨리 왔지 늦게 오지는 않았다.

"한 번 더 처리한 다음에는 합류해서 길을 뚫읍시다."

"잠깐, 드미트리 팀은……."

"한 번 더 처리하고 나면 시간은 충분할 겁니다. 더 있다가는 희생자가 나올 겁니다."

수현의 말에 이반은 주저했다가 고개를 끄덕였다. 확실히 수현의 말이 맞았다. 드미트리가 다쳤다가는 그의 목이 위험했기에 이렇게 싸우고 있었지만 그것도 살아서 나간 뒤의 일이었다. 여기서 죽으면 그 뒤도 없었다.

"귀찮은 놈!"

손을 모아서 충격파를 쏘아낸 후 러시아인은 뒤로 물러섰다. 어깨가 시퍼렇게 얼어 있었다. 아이스 드래곤이 쏘아낸 얼음송곳이 스치고 지나간 흔적이었다.

"잘했다. 이제 합류해서 후퇴한다."

"자동으로 지혈되어서 좋군요."

"이 상황에 농담이 나오나?"

상처 부위가 얼어붙은 덕분에 피가 흘러나오지 않았다. 농담을 하는 부하를 보고 이반은 어이가 없다는 듯이 고개를 저었다.

"지긋지긋한 놈……."

놈의 진가는 상대하는 인간들이 지쳤을 때 나타났다. 계속 저렇게 맞고 맞으며 버틴 다음 초능력자들이 지쳤을 때 맹렬히 습격해 오는 것이다.

다시 한 번 안개가 일어나고 눈보라가 흩뿌려졌다.

“뛰어!”

세 팀이 빠르게 합류했다. 수현은 멀리서 푸른색 빛 두 개가 번쩍이는 걸 본 것 같았다. 아마 놈이 노려보고 있는 게 틀림없었다.

‘얼마나 먹힐지 모르겠군.’

분명 독은 효과적이긴 했지만 그건 어디까지나 놈이 만들어낸 분신이었다. 본체는 또 견딜 수 있을지 몰랐다. 수현은 지독한 독 안개를 만들어낸 후 그걸 놈이 재생하고 있는 곳에 뿌려버렸다.

“루이릴, 그릇 넘겨. 내가 들고 있겠다.”

“괜찮겠어?”

“몬스터는 상관없어. 나중에 검사 있을 때나 조심해달라고.”

“이동! 이동! 놈이 회복하기 전에 최대한 거리를 벌리자!”

“저거 왜 저래?”

멀리서 아이스 드래곤이 접근하지 못하고 몸을 뒤흔들고 있었다. 수현은 독이 제대로 먹혔음을 짐작했다.

“뭐든 간에 못 쫓아오면 좋은 거지. 더 밟아! 여기서 묻히기 싫으면!”

차량들이 내달리는 사이 아이스 드래곤은 어떻게든 회복하고 움직이기 시작했다. 수현은 놈이 땅으로 대가리를 박는 것을 보고 말했다.

"내가 신호하면 꺾어라."

"예?"

"하나, 둘, 셋……. 지금!"

김창식은 이를 악물고 경로를 틀었다. 동시에 땅을 뚫고 아이스 드래곤이 그 어금니를 들이댔다. 옆을 지나가는 놈의 눈빛을 본 김창식이 본능적으로 초능력을 사용했다.

"으아아아아아!"

열기가 없는 화려한 불길. 러시아와 중국 팀은 달려가면서 그걸 보고 감탄했다. 아직까지 저 정도로 힘이 남아 있었다니.

그러나 김창식은 속으로 아차 싶었다. 수현에게 허락을 받고 썼어야 했는데…….

"잘했다. 김창식."

독이 안 통하는 상대는 아닌데, 독을 맞고도 의외로 빠르게 쫓아왔다. 스스로의 몸을 나눠서 분신으로 만들거나 하는 놈이라면 조금 더 데미지를 입었어야 했다. 수현의 독은 그렇게 만만한 독이 아니었다.

그리고 방금 김창식이 기겁해서 가짜 화염을 사방으로 뿜었을 때, 놈은 피하지 않고 오히려 앞으로 나와 불길을 받아내려고 했다. 아무리 재생력이 좋다고 하더라도 이상한 행동이었다.

결론은 하나.

수현은 땅으로 뛰어내렸다. 그리고 전력을 다해 땅속을 후려갈겼다. 우렁찬 소리와 함께 땅에 금이 가며 파편이 튀어 올랐다.

'젠장. 이걸 이제 눈치채다니.'

놈의 본체는 따로 있었던 것이다. 얼음으로 된 용의 몸통은 처음부터 놈이 만들어낸 분신이었다. 이상할 정도의 회복력은 그래서 가능했다.

바로 그 순간 아이스 드래곤이 산산 조각났다. 허공에서 파편들이 빛을 무수히 반사시키며 흩어져 내렸다. 원형으로 금이 간 땅에서 푸른색 액체가 진득하게 새어 나오는 걸 보며 수현은 눈살을 찌푸렸다.

놈의 정체를 알아낸 것에 대한 찬사를 받으며, 수현은 일행과 합류했다. 분신과는 달리 작은 몸집을 갖고 있던 본체는 수현의 공격 때문에 형체도 찾기 힘들 정도로 찢겨

나갔다.

'힘조절을 했어야 했는데…….'

어설프게 공격했다가 놓칠까 봐 전력을 다한 것이 치명적이었다. 놈의 사체가 꼭 필요한 건 아니었지만 없는 것보단 나았으니까. 분쇄기를 탐지하고 쫓아오는 것 같았기에 조금 성질이 궁금했기 때문이다.

"정말 고생 많으셨습니다."

"아닙니다. 저희는 별로 한 것도 없습니다."

"무슨 말씀을. 여기까지 와주신 것만으로도 충분히 일을 하신 겁니다."

말은 그렇게 했지만 이반은 그 뒷일을 점치고 있었다. 광산의 채굴권을 주게 된다면 같은 지역에서 경쟁하는 것보단 한국 쪽에 넘기는 게 좋을 게 뻔했다.

그런 상황에서 수현이 적절한 이유까지 만들어주었으니 금상첨화였다.

그러나 도와주러 온 것은 도와주러 온 것. 그는 최대한 감사하다는 표정으로 리우 신에게 예의를 지켰다.

"이대로 쭉 내려가면 스미로노프 기지입니다. 거기서부터는 저희 측 병력이 대기하고 있을 겁니다."

'뭐지?'

33장
인류 최초의 마법사(1)

지금 상황은 중국 팀에게 그렇게 유쾌한 상황이 아니었다. 기껏 눈보라를 뚫고 왔는데 중요한 부분은 한국 팀에게 다 뺏긴 상황.

이런 상황에서 가만히 있는 사람은 없었다. 어떻게든 어필을 하거나 말을 꺼내거나, 최소한 불편한 기색이라도 보여야 했다.

그러나 중국 팀은 무덤덤했다. 리우 신은 정신 수양이 잘 되어 있다고 치더라도 그의 부하들까지는 아니었다. 수현은 그의 부하 중 김창식과 비슷했던 사람을 확인했다. 그도 그다지 분하거나 억울한 표정은 아니었다.

'이건……. 확실히 뭔가 있다.'

승자 독식 룰을 꺼낸 것도 중국 측이었다. 그들이 러시아, 한국, 중국 이 3개 국가의 미묘한 관계를 파악하지 못할 리 없었다.

이대로 가면 중국 측을 견제하려는 러시아 측의 이해와 겹쳐져 그들은 아무것도 얻지 못하게 될 것이다.

'이번 일 내적으로 수작을 부린 건지, 아니면 외적으로 수작을 부린 건지…….'

수현은 조금 긴장할 필요성을 느꼈다. 전자라면 그가 해결할 수 있었지만 후자라면 그가 해결할 범위가 아니었다. 그건 정부가 나서야 했다.

그리고 그 의문은 얼마 지나지 않아 해결되었다.

스미로노프 기지에 도착했을 때 가장 먼저 보인 건 기지 주변에 배치된 병력이었다.

사람들은 처음에 기지 내 인원들이 그들을 발견하고 마중을 나왔다고 생각했다. 그러나 수현은 바로 위화감을 눈치챘다. 저건 절대로 마중을 나온 이들의 기색이 아니었다.

'적이다!'

그것도 일반적인 적이 아니었다. 군용 자동 소총와 장비로 무장하고서, 거기에 파워 아머까지. 저건 일반적으로 얻을 수 없는 무장이었다.

'이 새끼들이 설마……?'

수현은 바로 중국인들의 얼굴을 확인했다. 그들은 놀란 표정을 지었지만, 수현은 거기에서 숨길 수 없는 위화감을 발견했다.

'사전에 짰나?'

이런 식의 암계라면 닳고 닳은 수현이었다. 리우 신과 휘하 부하들의 반응과 이 주변에 배치된 병력만을 보고 그는 무슨 상황인지 깨달았다.

이 스미로노프 기지는 이미 중국 쪽 특수부대 병력에 의해 장악된 것이다!

'미친놈들, 진짜 막 나가는구나……!'

수현이 할 소리는 아니었지만, 실제로 과감한 짓이긴 했다. 잘못 했다가는 러시아와 전면전이 일어날 수 있는 일이었으니까. 분명히 보안과 기밀을 철저히 유지하고 시작한 일일 것이다.

이들이 이러는 이유는 명확했다.

'드미트리 때문인가.'

수현은 러시아 대통령을 잘 알지 못했지만, 아들 때문에 이런 식으로 구조대를 보낼 수 있는 사람이라면 다른 협박에도 약할 것이다.

실제로 어떻게 될지는 몰라도 중국 쪽은 그렇게 판단을 내린 것이 분명했다. 이렇게 납치를 시도한 것을 보니 말이다.

수현에게는 앞으로의 일이 뻔히 보였다. 저 습격자들은 중국과는 전혀 관계가 없는 독립 세력이라고 주장하면서 그들을 납치할 것이다. 그 이후에는 물밑 교섭으로 원하는 걸 얻어낼 것이다.

"정지! 더 이상 움직이지 마라."

"뭐야?"

그제야 이반은 뭔가 상황이 이상하다는 걸 깨달았다. 그는 배치된 병사들의 모습이 낯설다는 걸 깨달았다. 이건 러시아 군대가 아니었다.

"이 기지는 이미 장악이 끝났고, 너희는 포위되었다. 무장 해제하고 투항해라! 움직이는 순간 공격하겠다!"

"……!"

"팀, 팀장님. 뭡니까, 이거?"

"가만히 있어. 선불리 움직이지 말고."

"이 새끼들이 감히 사람을 뭐로 보고……!"

이반의 눈빛에서 시퍼런 불빛이 튀었다. 안 그래도 추운 오지에서 짐 덩어리들과 같이 갇혀 있던 덕에 스트레스가 쌓여 있었는데, 별 같잖은 놈들이 기지를 장악하고 무장 해제하라고 시비를 걸어오니 분노가 치민 것이다.

"초능력자. 무의미한 저항은 하지 말고 항복해라. 너희들의 초능력은 여기서 쓸 수 없다."

이반 팀의 저항적인 태도를 읽어냈는지, 지휘관이 냉정하게 경고했다. 수현은 그다지 놀라지 않았다. 이런 짓을 하면서 초능력자를 상대할 준비도 하지 않았다면 그게 더 놀라웠을 것이다.

그러나 이반에게는 그렇지 않았다. 그는 아티팩트가 작동되지 않는다는 걸 깨달았다. 초능력을 쓰려고 했지만 한 번 반응 이후에는 더 이상 발동이 되지 않았다.

"초능력 상쇄 장치……?!"

그는 홱, 소리가 날 정도로 고개를 돌려 리우 신을 쳐다보았다. 소문만 무성한 중국 측의 신기술. 강력하게 무장한 병력이 저런 장비까지 갖고 있는데 상황을 눈치채지 못하면 그건 얼간이였다.

그러나 리우 신과 그 팀원들은 무덤덤하게 양손을 들어 올렸다. 그리고 앞으로 걸어 나갔다. 항복한다는 뜻이었다. 저항할 의지도 보이지 않는 모습에 이반은 이를 갈았다.

"너, 이 개새끼……!"

"무슨 소리인지 모르겠군. 항복할 거면 빨리 항복하는 게 낫지 않나? 괜히 민간인까지 피해 입히지 말자고."

"와. 저거 뻔뻔한 거 봐."

수현은 낮게 중얼거렸다. 연기를 잘하는 놈은 아니었지만 표정 변화 없이 말하는 게 오히려 사람의 성질을 긁어놓았다. 이반은 리우 신의 목을 조르고 싶은지 손을 꿈틀거렸다.

"팀장님, 어떻게 해요?"

"글쎄다. 가만히 항복하고서 기다리면 풀려날 것 같은데."

그들이 원하는 게 뭔지는 알 수 없었지만 일단 가만히 있으면 안전은 보장됐다. 보통 이런 일에서는 저항하지 않으면 목숨은 해치지 않았다.

다른 나라도 바보는 아니었다. 이런 일이 일어나면 물증이 없더라도 의심은 하게 되는데, 필요 이상으로 피해를 입히면 거기서부터는 피로 피를 씻는 복수가 일어나게 됐다. 그런 건 중국 쪽에서도 바라는 게 아니었다.

문제는 수현이 그렇게 떳떳한 신분이 아니라는 점이었다.

'분쇄기도 그렇고, 괜히 중국 쪽에 잡혔다가 했던 짓 들키기라도 하면…….'

후자는 기우에 가까웠지만 전자는 가능성이 컸다. 아티팩트는 기본적으로 압수가 될 텐데, 저 뜬금없는 청동 그릇도 가져가긴 할 것이다. 운이 좋다면 모를까 조사한다면 걸릴 가능성이 컸다.

수현은 러시아인들을 힐끗 쳐다보았다. 이반 쪽 초능력자들은 분한 표정으로 이를 갈고 있었고, 연구자들은 당황해서 어쩔 줄을 모르고 있었다.

'저놈들만 없으면 좋겠는데. 여기까진가.'

싸우는 건 두렵지 않았다. 다만 여기서 싸우게 되면 수현이 숨기고 있던 한 가지 패가 드러나게 됐다.

마법사라는 패가.

아무것도 없었을 때는 바로 실험실에 끌려갈까 숨겼지만 이제는 그런 걱정은 하지 않아도 됐다. 수현은 주목을 받지 않으며 조금 더 힘을 모으고 싶었고 그러려면 마법사라는 신분은 숨길 필요가 있었다.

'조금 더 숨겨두고 싶었는데…….'

어쩔 수 없었다. 분쇄기는 그만한 가치가 있었다.

"앞으로는 양지에서 움직이게 되겠군."

"네?"

"싸운다. 준비해라."

"……!"

대원들은 놀랐지만 반문하지 않았다. 수현이라면 무슨 생각이 있을 거라 믿었기 때문이었다.

"드미트리 옆에 붙어. 놈 주변에 있으면 안전할 거다."

수현은 양손을 들고 앞으로 걸어갔다. 이미 항복한 중국인들은 군인들 사이에 앉아서 수현을 태연하게 쳐다보고 있었다. 완전히 방심한 표정이었다.

이해가 갔다. 초능력 상쇄 장치가 작동된 상황에서 맨몸의 초능력자가 할 수 있는 건 거의 없었다. 아티팩트는 상쇄 장치하에서 아예 작동을 하지 않았으니 더욱 무의미했다.

'가장 먼저 공격해야 할 건…….'

파워 아머 파일럿. 다른 놈들에 비해 월등한 화력을 갖고 있었으니 가장 먼저 제압할 필요가 있었다.

수현의 손이 빠르게 내려졌다.

콰직!

그리고 파워 아머의 콕핏에서 피가 튀었다. 한 대가 아닌, 그 자리에 있던 파워 아머의 콕핏 모두에서.

"……!?"

처음에 앞에 있던 군인들은 무슨 일이 일어났는지 깨닫지 못했다. 그들은 그저 수현이 팔을 내렸다고 생각하고 외쳤다.

"손들어! 내리지 말고!"

"그러지."

수현은 내렸던 손을 올렸다. 이번에 사용한 초능력은 독공. 바늘 형태의 독이 산탄처럼 쏘아져서 앞의 군인들을 노렸다.

"크아아악!"

두 번을 당하고 나서야 습격자들은 수현이 무언가를 하고 있다는 걸 깨달았다.

"어떻게?! 상쇄 장치는?!"

"켜져 있습니다!"

"자. 지휘관 잡았고."

거대한 거인이 후려치기라도 한 것처럼, 지휘관으로 보이는 남자가 허공으로 튕겨 올랐다. 피를 토하며 의식을 잃은 그를 보며 수현은 냉정하게 말했다.

"다음은……."

타타타타타탕! 타타타타탕!

배치된 군인들은 기계적으로 반응했다. 수현이 어떻게 초능력을 썼는지는 죽이고 나서 생각해도 됐다.

"도와주고 싶나?"

수현은 한 손으로 염동력의 벽을 만들어 날아오는 총탄을 모조리 잡아내며 물었다. 리우 신은 어깨를 움찔거렸다.

"상쇄 장치를 어디에 배치했을지는 짐작이 가. 그렇지만 안 부수려고. 너희들이 무슨 짓을 할지 모르잖아? 등 뒤에서 덤비는 초능력자들을 상대하는 건 사양이야."

"무슨 소리인지 모르겠군."

"연기 잘하는군. 이놈 보이나?"

수현은 중독되어 쓰러진 군인을 잡아들었다.

"모르는 사이면 죽여도 되겠지?"

"……국제법에 따르면 포로에 대한 고문이나 학살은……."

"그건 명확한 적대국 군인 이야기고 이놈은 테러리스트잖아. 어디서 사기를 치시나."

"죽어라, 빌어먹을 새끼야!"

강렬한 폭발이 수현을 덮쳤다. 수현은 얼굴을 찡그리며 손을 휘둘렀다. 대몬스터용 병기로 수현을 쏜 군인은 경악한 얼굴로 수현을 쳐다보았다.

수현의 염동력은 초능력 중에서도 일반 병기로 상대하기 가장 까다로운 초능력이었다. 기막힌 범용성에 강력한 위력까지. 초능력자들이 없다면 상대하는 게 지옥에 가까웠다.

"몬스터들 상대하다가 군인들 상대하니 좀 미안할 정도로 편하군."

으드득!

바닥에 쓰러진 무기들이 기묘한 소리를 내며 일그러졌다. 수현은 농부가 가을에 추수하는 것처럼 천천히 걸어가며 군인들을 쓰러뜨렸다.

그야말로 압도적인 모습이었다.

아이스 드래곤을 상대할 때 본 적이 있었지만 저 정도의 염동력은 본 적이 없었다. 게다가 지금은 상쇄 장치까지 가동된 상태 아닌가. 이반은 무심코 물었다.

"어, 어떻게?"

"상식을 깨는 사람은 언제나 나오기 마련이지. 일어나라고. 괜찮나?"

"어, 어어……."

"기지 내 군인들은 어떻게 됐을지 모르겠군. 아마 안에 가둬졌을 것 같은데."

"기껏해야 소대 규모도 안 되는 놈들이니 안에 있을 거야."

이반은 쓰러진 군인들을 둘러보았다. 마치 몬스터한테 당한 것 같은 모습이었다.

"내가 이놈들 뒷수습도 해야 하는 건 아니겠지? 기지 안으로 들어가서 군인들 풀어주고 뒷수습시켜. 죽은 놈들은 따로 두고 산 놈들은 묶고. 상쇄 장치는 파괴했다. 안에 몇 명 있어 봤자 바로 제압할 수 있겠지. 움직여!"

너무 당황스러워서 수현한테 명령을 받고 있음에도 불구하고 이반은 이상함을 눈치채지 못했다. 그는 고개를 끄덕이고서 부하들과 함께 기지 안으로 들어갔다.

"너는, 설마……."

리우 신의 팀원들은 수현의 위엄에 질려서 움직이지 못했지만, 리우 신은 달랐다. 그는 무언가를 깨달은 표정으로 말했다.

"마법사인가?"

"말도 안 됩니다, 인간 중에서 마법사가 어떻게 나옵니까!"

"어떤 일에도 처음은 있지. 그래. 아마도 내가 인류 최초의 마법사가 되겠군."

"……!"

수현과 엉클 조 컴퍼니 팀원들이 방금 일어났던 일들에 대해 이야기하는 동안, 러시아인들은 숨 바쁘게 움직였다.

쓰러진 시체들을 치우고 살아 있는 포로들을 무장 해제한 후 단단히 포박했다. 한숨 돌린 이반이 가장 먼저 하려고 한 건 리우 신에게 덤벼드는 일이었다.

"어디서 뻔뻔하게 가만히 앉아 있어, 이 자식이?"

탁!

"뭐하나?"

"눈치 못 챘어? 저놈이 짜고 친 거라고! 드미트리를 납치하기 위해서!"

"예의 지킬 때는 몰랐는데 생각보다 성질이 급하군. 그래서, 증거 있나?"

"뭐?"

"증거 있냐고. 저놈들이 중국 측에서 보냈다는 증거, 저놈하고 연결이 되어 있다는 증거."

"그런 건…… 없지만……."

"그러면 손을 대면 안 되지. 내가 왜 다른 놈들 다 죽이는 동안 저놈들은 안 건드렸는지 모르겠나?"

이반은 찬물이 머리에 끼얹어지는 느낌을 받았다. 그가 머리에 피가 올라서 움직이는 동안 수현은 냉정하게 상황을 다 따지고 있었던 것이다.

"그래도 덤비고 싶다면 말리지는 않지. 마음대로 하라고. 뒷감당은 알아서 하고."

"……."

이반은 이를 갈며 리우 신을 노려보더니 고개를 끄덕였다.

"말려줘서 고맙군."

"같이 싸웠는데 그 정도는 해줄 수 있지."

"그런데 아까 들은 말, 정말인가? 마법사라는 게?"

수현은 대답 대신 손가락에서 반지를 빼냈다. 그리고 염동력으로 산산이 조각냈다. 그것만으로도 충분한 대답이 되었다.

"염동력에 치유 능력. 이중능력자인가……!"

마법사인 것도 마법사지만 갖고 있는 능력도 아주 강력하고 희소한 능력만 갖고 있었다.

이반은 감탄하면서도 전율했다. 이번 일이 끝나고 나서,

수현의 정체가 이 카메론 행성에 어떤 영향을 불러올지 짐작도 가지 않았다.

이반도 초능력자인 이상, 한 가지 초능력만 사용 가능하다는 상식을 벗어난 수현에게 호기심이 생길 수밖에 없었다.

"언제, 어떻게 각성한 거지?"

"우리가 그렇게 흉금을 터놓을 정도로 친한 사이였었나?"

"아, 그건……."

이반은 얼굴을 붉혔다. 확실히 그랬다. 마법사에 관한 정보는 하나하나가 귀중한 정보일 테니까.

"농담이야. 믿지 않을지도 모르겠지만 각성 자체는 별달리 특별한 계기가 없었어. 그냥 각성을 두 번 한 거지."

"……."

이반은 반신반의하는 기분으로 고개를 끄덕였다. 사실이든 아니든 지금 수현의 면전에서 그의 말을 부정할 생각은 없었다.

"그래서 저것들은 못 건드리는 건가? 같이 죽여 버린다면……."

"뒷감당할 수 있으면 해보라고 했을 텐데."

"화도 안 나나?"

"급이 맞아야 화가 나지."

"……!"

오만하게 들릴 소리였지만 방금 수현이 보여준 모습에 비교한다면 저 정도는 충분히 할 수 있는 소리였다.

리우 신을 제거할 수 있는 건 좋은 기회였지만 지금은 너무 보는 눈이 많았다. 게다가 상황도 좋지 않았다.

이들은 중국 쪽에서 공식적으로 참가한 팀. 습격자가 있었다고 하더라도 같이 죽여 버린다면 뒷수습이 곤란했다. 중국 측이 그 정도로 힘이 없지는 않았다.

'덤벼주면 이쪽에서도 편할 텐데, 참을성이 좋군.'

같은 편이 쓸려나가는 동안에도 그들은 참을성을 지켰다. 그게 원칙이기는 했다. 습격자면 몰라도 그들이 일을 꾸몄다는 게 발각된다면 그 날로 국제 분쟁으로 넘어가게 될 테니까.

침울한 표정으로 앉아 있는 중국 측 초능력자 팀과 수현의 눈동자가 마주쳤다. 리우 신의 검은 눈동자에서는 숨길 수 없는 호승심과 투쟁심이 은은하게 끓어올랐다. 그러나 수현은 무심하게 그를 쳐다볼 뿐이었다.

'두고 보자, 다음에는……!'

'정말로 작아졌군.'

예전에는 그렇게 까다로웠던 상대가 이제는 손가락 하나만으로도 죽일 수 있을 것처럼 느껴졌다. 갑자기 허무감이 밀려왔다.

"저 개새끼들로 만족해야겠군."

"'굴라그'라도 보낼 생각인가?"

"구, 굴라그라니. 우리는 그런 거 없어."

"……?"

카메론에 각국의 비밀 수용소가 있다는 건 공공연한 소문이었다. 공개적으로 넣을 수 없는 죄수가 들어가는 감옥.

나중에는 한국군 쪽에서도 운영하니 그보다 빠른 중국이나 러시아 쪽은 벌써 있으리라 짐작한 것인데, 반응을 보니 진짜 있는 것 같았다.

'벌써 만들었냐?'

수현은 속으로 혀를 내둘렀다. 어찌 되었든 간에 포로로 잡힌 이들의 미래가 좋아 보이지는 않았다. 운이 좋으면 재판을 받을 것이고 운이 나쁘면 받지도 못하겠지.

"저…… 감사합니다."

"감사하면 아버지한테 가서 말이나 좀 잘 해달라고."

"예? 예! 꼭 말씀드리겠습니다."

마법사인 걸 드러낸 수현은 가면을 벗은 것처럼 거침없었다. 드미트리는 당황하며 고개를 끄덕였다.

"통신 복구했습니다."

"좋아. 후발대 오면 우리 중국 친구들하고 같이 돌아가자고.”

수현은 노골적으로 비아냥거리며 그렇게 말했다.

한국 측 인원이 알타라늄 광산을 확인하기도 전에, 인류 최초의 마법사가 나왔다는 정보는 빠르게 퍼져나갔다.

생각지도 못한 상황을 겪은 한국 정부는 당황했지만 그래도 재빨리 반응했다.

즉시 호위부대가 꾸려졌다. 이미 한 번 충돌이 있었다는 소식을 들은 한국 정부는 예민하게 반응했다.

기껏 탄생한 첫 마법사가 습격으로 죽는다면 그것만큼 어이없는 일도 없었다.

수현과 팀원들이 극진한 경호를 받으며 돌아가는 동안 카메론은 새로 나온 소식으로 떠들썩했다.

“허. 이거 정말…….”

“회장님, 들으셨습니까?”

“지금 들었지.”

“이게 무슨……. 회장님. 수현에게 스카우트 제안을 했다고 들었는데 이걸 알고서 하신 거였습니까?”

로버트 맥클레인, 찰스 카를로스. 미국 쪽 실력자이면서 동시에 수현과 인연이 나름 깊은 이들이었다.

로버트는 찰스 회장이 수현에게 제안을 건넸다는 걸 이미 알고 있었다. 둘이 그렇게 대면을 했는데 예상하지 못한다면 그는 사장 자격이 없었다.

거물 스폰서가 다른 곳에 접촉하는데도 그걸 내버려 둔 건 찰스의 성격 때문이었다. 괜히 말렸다가는 역효과가 일어날 수 있었던 것이다.

찰스 정도면 수현과 블루베어 양측을 지원할 수 있을 힘이 있었으니 성질을 건드릴 이유는 없었다.

그러나 이번 상황은 정말로 예상을 넘어선 일이었다. 러시아 측과 같이 한 일에서 습격을 받고 마법사라는 사실이 드러나다니.

'이 늙은이……. 어디까지 알고 있었던 거야?'

만약 수현이 마법사라는 사실을 혼자서만 알고 있었다면 이건 좀 문제가 심각해졌다. 그걸로 뭘 하려고 숨겼단 말인가?

"설마. 그럴 리가 있나. 내가 알고 있었다면 그 정도 제안으로 끝냈겠나? 나도 놀랐네."

"워낙 다루기 힘든 사람이니까요."

"그렇긴 해. 길들여지지 않는 맹수 같은 놈이지. 그런데 이걸 어쩐다……."

"……?"

"나나 자네 같은 사람들이나 진가를 알고 있다고 생각하고 안심하고 있었는데, 이제 별 같잖은 놈들이 다 달라붙겠군."

"지금 그게 신경 쓰이십니까?"

"난 한 세기를 넘게 살아오면서 먼저 눈독 들인 걸 뺏겨본 적이 없네. 자네는 모르나? 가난한 예술가를 하나 후원했는데 유명해져서 모두가 알게 되면 조금 시원섭섭한 기분이 들지 않나."

"저로서는 이해가 안 가는 비유군요."

"조금 이상한 비유기는 했어."

"어쨌든 그건 걱정하실 필요가 없을 것 같습니다."

"왜 그러지?"

"김수현 팀장의 성격을 잘 아시잖습니까."

"자네는 하나만 알고 둘은 모르는군."

"예?"

"말했잖나. 맹수 같은 놈이라고. 그건 단지 성격이나 그런 것만을 말한 게 아닐세."

찰스는 양손을 앞으로 들어 올려 짐승의 발톱처럼 구부리며 어설픈 야수 흉내를 냈다. 그걸 본 로버트는 웃음이 나오는 걸 꾹 참았다. 찰스는 이런 면에서는 매우 원한이 길게 가는 사람이었다.

"김수현은 끝없는 굶주림을 달고 사는 놈이야. 마치 맹수처럼 말이지. 나는 알아. 젊었을 때는 나도 저랬으니까."

"……."

"뭐지, 그 표정은?"

"아무것도 아닙니다."

"저런 놈은 계속 허기에 시달리게 되네. 뭘 해내도 해내도 계속 부족하게 느껴서 내달리는 거지. 그러다가 정신을 차리면……."

찰스는 스스로를 가리켰다.

"나처럼 정상에 서 있게 되는 거야."

"회장님 대단한 것도 알겠고, 김수현 팀장이 대단한 것도 알겠는데……. 그 이야기가 방금 말하신 것과 무슨 상관이죠?"

"사람 참. 아직도 감을 못 잡았나."

찰스는 손가락을 흔들면서 말을 이었다.

"배고픈 맹수가 먹이를 가리겠나?"

"……!"

"상대가 누군지 상관하지 않고 덥석덥석 물어 삼키겠지. 김수현이 누구 밑에서 일할 사람은 아니라도 서로 이용하는 관계 정도는 충분히 받아들일 놈이거든. 그리고 마법사가 된 이상 그런 관계라도 좋다고 덤벼들 놈들은 쌔고 쌨을 테고……. 이거 진짜 골치 아파지는군. 기껏 친해졌다고 생각했는데."

"그래도 이미 기존에 쌓은 인연이 있는데……."

"그놈이 그걸 따질 거 같나?"

"……음, 그건 아니군요."

로버트가 생각하기에도 수현은 필요하다면 얼마든지 그들과의 관계를 끊을 수 있었다.

"괜히 맹수 같다고 한 게 아니라니까. 어쨌든 이건 따로 고민해 봐야겠군. 지금 고민해 봤자 답이 나올 문제가 아니니까. 그런데 자네는 이거 말고 뭐가 신경 쓰였던 건가?"

"아……. 인류 최초의 마법사가 나왔는데 신경 쓰이지 않으십니까?"

"그다지."

찰스는 정말로 놀란 표정이 아니었다.

"자네가 잊고 있을지도 모르겠지만 나는 인류 최초의 초능력자도 직접 본 사람이야. 언젠가 인류 중에서도 마법사가 나올 거라고 생각하고는 있었지. 초능력자가 나왔던 것처럼."

찰스는 과거를 회상하며 먼 곳을 쳐다보는 눈빛을 지었다.

인류 최초의 초능력자가 나왔을 때 지구는 그야말로 떠들썩했다. 수천 년간 인류를 지배하던 패러다임이 깨진 것이다. 흥분하지 않을 수가 없었다.

"과학자들은 초능력을 카메론의 환경에 접촉한 것 때문에 생긴 돌연변이로 여기더군. 가설이 맞다면 최초의 초능력자는 가장 영향을 많이 받았던 사람이었겠지. 그 논리대로라면 인류 중에 마법사가 나온다고 해도 놀랄 건 없지 않나? 이미 이종족 중에서는 나왔다는 기록이 전해지니까. 또 다른 형태의 돌연변이라고 보면 이해가 빠르겠지."

"그걸 그렇게 쉽게 받아들일 수 있는 건 회장님 정도입니다. 애초에 그 이종족 마법사에 대한 기록도 이야기가 많은데……."

과학자 중에서는 마법사란 개념은 불가능하고 이종족 마법사에 대한 문헌은 아티팩트를 사용한 초능력자를 착각해서 만들어진 것이라고 주장하는 이들도 있었다.

"처음 나오는 게 어려울 뿐이지, 한 번 나오면 더 이상 놀랍지 않은 상황이 될 거야. 그보다 김수현의 초능력이 염동력과 치유 능력이었나?"

"예."

"설마 더 숨기고 있는 건 아니겠지."

찰스는 아무 생각 없이 말했지만 방금 그가 진실을 꿰뚫어 봤다고는 상상하지 못했다.

"설마요. 아무리 능구렁이 같다지만 초능력 몇 개를 익히는 동안 계속 신분을 숨길 수 있겠습니까?"

"하긴, 그렇지? 두 개만으로도 충분하니까. 게다가 그 두 개가 워낙 값진 능력이니……."

한동안 생각에 잠겨 있던 찰스는 다시 입을 열었다.

"지금 접촉하는 건 불가능하겠지?"

"한국 정부가 절대로 허락하지 않을 겁니다. 마음 같아서는 아예 평양 밖으로 나가지 못하게 하고 싶을 걸요."

"김수현이 그런 걸 받아들일 성격이 아니라서 다행이군."

최초의 마법사가 밖에 나가서 죽어버리는 것만큼 손해도 없었다. 한 명밖에 없다는 건 그런 의미였다.

"좋아. 일이 끝나면 빈틈이 나겠지. 그때 다시 접촉하자고."

"김수현이 마법사로 각성을 했다고? 그 엉클 조 컴퍼니 김수현?"

"네."

"……대단하군."

진돗개의 1팀 팀장, 이정우는 소식을 듣고 놀라움을 속으로 삼켰다. 수현의 능력에 대해서는 인정하고 있었지만 마법사는 그 상식의 바깥에 있었다.

쾅! 쾅!

"이건 무슨 소리야?"

"최재호 팀장님이……."

"……."

이정우는 고개를 천천히 저었다. 2팀 팀장 최재호가 발광하는 것도 이해가 갔다. 진돗개에서 김수현에 대한 평가를 가장 처음에 작성한 것이 그였던 것이다.

치유 능력이라는 점은 탐이 나지만 소유자가 다루기 힘들어서 굳이 회사에 끌고 올 만한 가치가 없다로 시작한 평가는 이후에 수현이 일을 하나씩 해낼 때마다 최재호가 고개를 숙이고 다니게 만들었다.

이정우의 실종을 강인규 하나로 메웠을 때는 재평가를 받았지만, 그 순간이 전부였다. 이후 강인규가 초능력자로 각성하자 최재호는 밤마다 이불을 차기 시작했다.

한때 이정우의 위치를 위협할 정도로 올라왔었던, 인재를 모으는 데 귀신같다는 평가를 받았던 최재호는 이제 젊은 놈한테 당한 호구 취급을 받고 있었다.

물론 아무도 정면에서는 말하지 않았지만, 아는 사람들은 뒤에서 그를 비웃었다.

그런데 이제는 마법사까지.

'솔직히 조금 고소하군.'

그의 자리를 넘보던 경쟁자가 스스로 몰락하는 건 즐거울 수밖에 없었다. 이정우는 수현에게 악감정이 없었다.

구출 때문에 아티팩트를 뜯기긴 했지만 지금 생각해 보니 그 정도는 약과였다. 최재호를 보면 감사한 마음이 들 정도였다.

게다가 드래곤 슬레이어 프로젝트에서 그는 덕분에 목숨을 구할 수 있었다. 알고 있는 다른 용병들이 드라고니아 분지로 들어가서 시체가 되어 나온 것을 생각하면 지금도 소름이 돋았다.

"여러 곳에서 러브콜이 오겠는걸."

"저는 솔직히 이해가 안 갑니다. 마법사라고 해봤자 결국 초능력 하나 더 있는 거 아닙니까? 아티팩트로도 할 수 있는데……."

불퉁거리는 팀원을 보며 이정우는 피식 웃었다. 같은 초능력자로서 질투를 하는 게 뻔히 보였던 것이다. 수현은 실제로 같이 일했던 적도 있었으니 이해가 갔다.

"아티팩트는 성장을 못 하지만, 초능력자는 성장이 가능하지. 아티팩트는 어디에선가 구해와야 하고, 적당한 물건이 없다면 의미가 없는 데다가, 아무리 사용에 능숙해도 결국 자기 능력이 아니니 초능력보다는 컨트롤이 힘들잖아. 하지만 마법사는 아니겠지."

"그 정도는 사소한 차이인데……."

"그렇기는 해. 김수현 한 명이서 초능력자 집단 하나만큼의 위력을 낼 수는 없겠지. 그렇지만 그걸 제외하더라도 충분히 매력적이야. 초능력 관련 연구진들은 군침을 흘릴 테고……. 그 외는 솔직히 나도 감이 잘 안 온다. 김수현이 얼마나 강한지 본 적이 없어서."

"범용성 높은 염동력이라고 들었으니 분명 위력은 별로일 겁니다."

이정우는 어떻게든 악담을 하려는 팀원을 더 이상 말리지 않았다. 말해봤자 지금 상태로는 귀에 들어가지 않을 테니까.

'만약, 단지 마법사라는 특이점뿐만이 아니라, 초능력의 위력도 뛰어나다면…….'

카메론 탐사에 새로운 장이 열릴지도 몰랐다.

몬스터를 상대할 때 필요한 것은 두 가지였다. 몬스터의 방어를 뚫을 방법과 몬스터의 공격을 막을 방법.

그리고 카메론에서 일하는 용병이라면 모두가 알고 있었다. 몬스터가 강해지면 강해질수록 상대할 때 중요한 건 초능력이라는 것을.

약한 몬스터는 굳이 초능력이 아닌 다양한 방법으로 상대가 가능했지만 강한 몬스터는 거의 필수적으로 초능력이 필요할 때가 많았다. 그것도 강력한 초능력이.

1의 위력을 가진 초능력자를 100명 모아봤자 의미가 없었다. 그걸 동시에 합해 봤자 100의 위력이 나오는 게 아니었으니까.

필요한 건 한 번에 100의 위력을 낼 수 있는 초능력자였다.

마법사라는 개념에 열광하는 건 그런 것이었다.

여러 가지의 초능력을 한 번에 사용할 수 있다면 기존 초능력자의 위력 한계를 뛰어넘을 수 있지 않을까?

'어차피 곧 소문이 들려오겠지.'

이정우는 그렇게 생각했다. 다른 거면 몰라도 마법사라면 귀를 막아도 소문이 들려올 것이다.

"정상입니다. 그러면 다음 검사로……."

"아, 진짜. 이거 언제까지 합니까?"

"죄, 죄송합니다. 모두 다 체크하라는 명령을 받아서……."

수현의 검사를 맡은 의사는 쩔쩔매며 고개를 숙였다. 그가 어떤 신분이라는 건지 알고 있었기 때문이었다. 옆에서 있던 직원이 달려와서 말했다.

"원하시는 게 있으시면 지금 해드리겠습니다."

"됐으니 빨리 끝내기나 하세요."

수현은 진저리를 치며 말했다. 물론 마법사라는 걸 밝혔을 때 이런 검사를 받게 될 거라는 건 짐작하고 있었지만, 지겹지 않은 건 아니었다.

"인간들은 신기한 걸 하네."

"인간들에게 마법사는 처음이니까. 엘프들은 몇 번 있었으니 그 느낌이 다르겠지."

"우리들도 마법사는 드물어. 나도 실제로 본 적이 없고……. 예전에 부족의 장로가 어렸을 때 본 적이 있다고는 했었는데 잘 모르겠네."

샤이나는 어깨를 으쓱거리며 말했다. 혹시 모를 불상사를 대비해 수현을 지키고 있던 초능력자는 다크 엘프인 샤이나를 볼 때마다 움찔거렸다. 수현은 그걸 보고서 손을 휘저었다. 대화 방해하지 말고 저리 가라는 뜻이었다.

"……."

누구 명령이라고 거역하겠는가. 남자는 조용히 물러섰다.

"끝났습니다. 늦게 나오는 몇 개 빼고는 완벽하게 정상이네요. 초능력 위력 체크는……."

"갑시다."

신체 상태도 상태지만, 초능력 위력만큼 그들이 관심을 가지는 것도 없었다. 수현은 초능력 위력을 보여주기 위해 발걸음을 옮겼다. 염동력을 측정할 경우 그 힘의 한계를 정확한 데이터로 남겼다.

"……!"

"능력 형태는 제한이 없고, 위력은……."

기록하는 직원은 살짝 떨리는 목소리로 기록에 나섰다. 이런 일을 전문적으로 하는 사람이었기에 온갖 초능력을 봤었지만 수현의 염동력 같은 능력은 처음 보는 능력이었다.

"혹시 여러 개가 융합된 초능력입니까?"

"아니, 염동력 하나입니다."

"치유 능력을 먼저 각성하셨죠?"

"예."

'이후로 각성하게 되면 그 능력에 영향을 주는 건가?'

직원이 그렇게 생각할 정도로 수현의 염동력은 강력했다. 단순히 위력뿐만 아니라 그 성질 자체가.

만약 그가 수현이 위력을 줄였다는 걸 알았다면 기절했을 것이다.

수현은 초능력의 위력을 숨겼다. 정부를 믿기는 했지만 완전히 믿는 건 아니었다. 언제 어디서 그의 정보가 새어나갈지 몰랐고 그걸 갖고 장사하는 놈이 있을 수도 있었다. 굳이 정직하게 다 내놓을 필요는 없었다.

"게이트 4국은 협정으로 맺어진 우방 아닙니까?"

"그 협정에 완전한 정보 공유 같은 건 없었을 텐데요."

"정보 공유 하니까 생각난 건데, 중국 쪽에서 나온 기술 말입니다. 그건 어떻게 된 겁니까?"

"무슨 소린지 모르겠습니다만."

"초능력 상쇄 장치 말입니다. 그게 어떻게 일개 테러리스트 손에 들려 있죠?"

미국 측 담당자는 빙글거리며 말했다. 아픈 곳을 찔린 남자는 살짝 입술을 깨물었다. 초능력 상쇄 장치와 중국과의 관계를 완전히 부정하는 건 무리였다. 그러기에는 이미 증거가 너무 많았다.

"저희 쪽에서 사고가 있었습니다. 관련자는 모두 처벌했고……."

"시스템도 고쳤나요?"

"예?"

"시스템도 고쳤으면 차후에 이런 일이 일어나지 않을 것 같아서요. 솔직히 조금 겁납니다. 초능력 상쇄 장치……. 이

거 어떤 면에서 보면, 너무 악용하기 좋은 물건이거든요. 아무리 뛰어난 초능력자라도 이 장치 하나만 사용하면 그대로 쓰러뜨릴 수 있어요. 초능력자 구하는 데 혈안이 된 지금 상황에서라면 더더욱요."

"……."

"저는 말입니다. 초능력자 상대로 일어나는 테러에 관해서 너무 걱정이 됩니다. 그런 일이 일어나면 안 될 텐데요. 혹시 이런 부분에서 중국 측이 협조를……."

"초능력 상쇄 장치는 엄연한 저희 기술입니다."

"이후에 상쇄 장치로 인해 일어나는 일에 대해서 책임을 지실 겁니까?"

"그건 저희 책임이 아닙니다. 총으로 강도 사건이 일어나도 총을 개발한 회사가 책임을 지는 일은 없습니다."

'안 넘어오는군.'

미국 쪽 담당자는 그렇게 생각하며 공세를 멈췄다. 하지만 어차피 이런 걸로 얻을 수 있다고는 생각지도 않았다.

그의 나라에서도 이미 초능력 상쇄 장치의 기술적 연구를 거의 끝낸 상태였다. 얼마 지나지 않아 중국 쪽과 비슷한 장치가 나올 것이다.

노리고 있는 건 다른 것이었다.

"그러면 한국 쪽 마법사도 한국인이니 요청할 권리가 애매

하긴 하군요."

"……!"

명령받은 것은 두 가지. 먼저 러시아나 중국 측의 정보 공유 요청을 차단하고 한국 쪽의 정보를 공유 받는 것. 미국과 한국의 사이는 러시아나 중국보다 훨씬 친밀했으니 충분히 가능한 일이었다.

'노골적으로 싸고도는군.'

'역사적인 우방이라 이거지?'

두 국가의 담당자는 공식적인 방법으로는 답이 없다는 걸 깨달았다. 공식적인 방법이 안 된다고 불가능한 건 아니었다. 언제나 다른 방법은 많았다.

"귀찮으셨을 텐데, 고생 많으셨습니다."

"뭐, 저 좋으려고 하는 일이 아니라 정부 좋으려고 하는 일이니 고생이 많긴 했습니다."

"……."

'저 좋으려고 하는 일이잖습니까' 하는 대답을 기대했던 국장의 표정이 살짝 구겨졌다.

"이후 일은 어떻게 됩니까? 괜찮다면 일을 수습하고 다음

일로 넘어가고 싶은데."

"그, 그게……."

이원재는 침을 삼켰다. 마음 같아서는 수현의 발목을 잡고 한동안 평양 바깥으로 나가지 말아 달라고 애원하고 싶었다.

지금 그에게 주목하고 있을 사람이 한둘이 아니었다. 자칫해서 그가 실종이라도 된다면 그는 덤터기를 썼다.

'안 그래도 조금 있으면 대선인데…….'

개발계획국만큼 정부 부서 중 실적을 올리는 곳도 없긴 했지만 그들에게는 치명적인 약점이 있었다. 드래곤 슬레이어 프로젝트. 정권이 바뀐다면 충분히 끌어내릴 수 있는 약점이었다.

수현은 그런 국장의 속마음을 읽었다.

"위험한 짓은 최대한 적게 하겠습니다. 접촉은……. 뭐, 저도 사람이니 아예 거절할 수는 없고요."

'젠장!'

"그보다 개발계획국 쪽도 제가 안 움직이면 곤란하지 않습니까? 팀이 없을 텐데?"

이제 슬슬 한국군과 협력해서 전용 특수부대를 만들 시기가 됐다. 사적인 용병 회사로 위장해서 운용되는 군 소속 특수부대. 군은 이걸 만들기 위해 많은 투자를 했다. 수현도 이때부터 두각을 나타내기 시작했고.

"걱정 마십시오. 저희는 김수현 팀장님에게만 부담을 지우는 사람이 아닙니다. 최대한 빨리 팀을 보충하고 있습니다."

"……?"

기대했던 대답과는 다른 대답이 들려오자 수현은 고개를 갸웃거렸다.

"어디서요?"

"그야 민간 용병 회사죠."

"……??"

수현은 더더욱 혼란에 빠졌다. 드래곤 슬레이어 프로젝트 때문에 개발계획국과 같이 일하려는 용병 회사는 드물었다. 대형 용병 회사는 따로 일할 것이고, 중소 용병 회사는 정부 쪽에서 굳이 받아들일 이점이 없었다.

"김수현 팀장님한테만 말씀드리는 건데……."

"그거 정말 신뢰 안 가는 말인데요."

"……일단 두 팀 정도 확보가 됐습니다. 하나는 확정이고, 하나는 상당히 긍정적인 걸 봐서 여기도 확정으로 갈 가능성이 커요."

"어딥니까?"

"확정된 곳은 신설 용병 회사입니다. 전 가온길 2팀인데, 이번에 팀 전체가 새로 나와서 새로 회사를 차렸다고 하더군요."

'주원준?!'

수현은 그제야 잊고 있었던 걸 떠올렸다. 그는 속으로 혀를 찼다. 물론 지금 그가 주원준을 걱정할 입장은 아니었지만 거슬렸던 놈이 계속 따라오고 있다는 건 신경이 쓰였다.

'모고크가 빨리 찾아서 돌아와야 하는데.'

"다른 하나는요?"

"팀장님도 잘 아시는 곳입니다. 진돗개요."

"진돗개? 거기가 개발계획국 쪽과 손을 잡는다고요?"

"설득하느라 저희가 고생을 많이 했죠."

국장은 자부심 가득한 얼굴로 고개를 끄덕였다.

'뭘 얼마나 내주기로 약속했으면…….'

하긴, 레드우드 숲을 생각해 본다면 진돗개는 개발계획국 측과 인연이 있기는 했다. 다른 곳보다는 접촉하기 쉬웠을 것이다.

"그보다 저는 다른 방식을 생각했었는데요."

"……?"

"군 쪽에서 부대를 신설해서 외부로 돌릴 줄 알았죠."

"……!!!"

국장은 경악해서 수현을 쳐다보았다.

"어, 어, 어떻게……?"

이건 극비로 진행되는 일 중 하나였다. 신설되는 부대는 단순히 몬스터 처치와 탐사뿐만 아니라 타 국가를 상대로 첩보전도 하게 될 가능성이 컸다. 그렇기에 모든 과정이 극비로 진행되고 있었는데…….

"아. 맞았나 보군요."

'아차!'

이원재는 그가 실수했다는 사실을 깨닫고 얼굴을 굳혔다. 그 정도 되는 사람이 바보 같은 실수를 했다. 수현이 알고 있다는 게 너무 충격적이어서 표정을 관리하지 못한 것이다.

"김수현 팀장님. 그걸 어디서 들으신 겁니까? 자세히 말해주십시오. 이건 중요한 일입니다!"

"들은 건 아니고, 그냥 맞춰봤습니다."

"……."

"진짜예요. 조금만 생각을 하면 찍을 수 있는 일인데. 중국만 봐도 국가 주도로 군에서 인원을 빼서 외부 회사로 돌리잖습니까. 비용도 훨씬 적게 들고, 시킬 수 있는 일의 범위도 늘어나고. 개발계획국 전속 팀이 저희 빼고 전부 박살 났는데 당장 확충은 불가능하니 남는 건 군과의 협조 정도 아니겠습니까."

"……!"

'이, 이 사람은 대체……?'

지금 그의 옆을 걷고 있는 게 20대의 젊은 용병이라는 게

도저히 믿겨지지가 않았다. 앉은 자리에서 카메론의 정국을 꿰뚫고 있는 건 아무나 할 수 있는 게 아니었다.

"어쨌든……. 제가 밖으로 나가면 우리 국장님이 곤란해지신다 이거죠?"

이원재는 갑자기 불길함을 느꼈다. 수현이 저렇게 친근하게 그를 대한 적은 없었던 것이다. 특히 '우리 국장님' 같은 표현은 수현이 절대로 한 적이 없었던 표현이었다.

"그, 그렇습니다."

"그러면 한동안 나가지 않고 도시에서 돌 테니, 제 부탁 몇 가지만 들어주시죠."

"저희가 들어드릴 수 있는 거라면……."

"제가 무리한 부탁을 드리겠습니까?"

수현은 씩 웃으며 말했다. 국장은 차마 그의 얼굴 앞에서 '무리한 부탁을 드릴 것 같은데요'라고는 말하지 못하고, 그저 웃었다.

"안녕하십니까. 김수현입니다."

"생각보다 예의가 바르군요?"

"국장님께서 제가 건방지다고 하셨습니까? 이거, 국장님한테 실망이 큰데…….”

“아, 아니요. 그런 게 아니라…….”

이선화는 손을 흔들었다. 수현을 보기 전에 들었던 것만 본다면 젊고 오만한 천재가 떠올랐던 것이다. 젊은 나이에 뛰어난 성취를 이루고 이제는 마법사까지 됐으니 더더욱.

“저한테 육체 강화 수술을 받고 싶다고 요청을 하셨는데, 괜찮나요? 저는 제가 직접 시술을 하지 않은지 꽤 됐는데…….”

“최고는 현재 자리에서 물러나도 최고 아닙니까.”

“그렇게 칭찬해도 돌아오는 거 없어요.”

말은 그렇게 해도 이선화는 꽤나 기분 좋은 표정이었다.

수현이 국장에게 한 가장 먼저 한 요청은, 육체 강화 수술이었다.

언제 한 번 받으려고 하고 있었다. 가능한 빨리.

현재 그의 육체는 초능력을 감당하기에는 부족한 감이 있었다. 육체가 출력을 견디지 못하는 것만큼 어이없는 일도 없었으니 최대한 빨리 단점을 해결해야 했다.

그리고 이선화는 전생에 수현에게 육체 강화 수술을 해줬던 사람이었다. 수현은 그녀를 아주 잘 알고 있었다.

생체 공학의 전문가이자 육체 강화 수술의 권위자. 그리고 다른 전문가들과 달리 인격적으로도 믿을 수 있었다. 육체 강화 시술을 받았는데 몸속에 이상한 폭탄이 장치되는 건 사양이었다.

그리고 무엇보다 그녀는, 최지은의 어머니였으니까.

34장
인류 최초의 마법사(2)

카메론, 평양에 위치한 정부 소속 생체공학 연구소는 아는 사람만 아는 첨단 기술의 최전선이었다.

화려한 신기술은 언제나 미국이나 중국 같은 덩치 큰 나라가 주도하는 것처럼 보였지만 한국도 인재가 없지는 않았다.

'몇몇 천재가 멱살을 잡고 이끌어가는 형식이지.'

수현뿐만 아니라 비슷한 시기의 군 특수부대 대원들은 모두 이선화에게서 육체 강화 수술을 받았다.

드래곤 슬레이어 프로젝트가 실패하고 나서 군은 군의 인재를 활용한 새로운 계획을 세웠고, 그 계획의 가능성을 더 높이기 위해 이선화에게 협조를 요청했다. 그녀는 흔쾌히 수락했고.

"간단한 수술이 아니에요. 한 번에 끝나는 수술도 아니고.

전부 하면 일주일 정도 걸릴 겁니다. 그리고 그다음 적응 훈련도 해야 하고요. 물론 그 정도는 알고 오셨겠죠?"

"물론입니다."

이미 한 번 해본 수술. 수현은 고개를 끄덕였다.

"마취를 하겠지만 정신은 놓으시면 안 돼요. 정신을 잃으시는 순간 수술은 정지할 겁니다. 계속 말을 해주세요."

"예."

초능력자의 수술은 조금 더 예민한 영역에 놓여 있었다. 수술을 받다가 실수로 초능력이라도 발동시킨다면 시술자들이 죽을 수도 있는 것이다. 게다가 수현의 초능력은 그렇게 약한 초능력도 아니었다.

"그러면 시작해 볼까요?"

수술대 위에 누워서, 기기가 그의 위로 올라오는 걸 보면서 수현은 무심코 침을 삼켰다. 강력한 몬스터가 그를 향해 돌진할 때도, 수십 명의 초능력자가 그를 향해 덤벼들 때도 이렇게 긴장하지는 않았었다.

'젠장. 수술은 정말……!'

"기분이 어때요?"

"숙취 비슷하군요."

"다들 그렇게 말해요. 그래도 통증이 없으니 다행이에요. 적합하지 않을 경우 통증이 일어날 때도 있거든요. 천천히 일어나세요. 힘 함부로 주지 말고."

지금 당장 싸움에 나서도 괜찮은 상태였지만 수현은 이선화의 말을 순순히 따랐다. 예전부터 그녀의 말은 거역하기가 어려웠다. 최지은도 최지은이었지만 시술을 해준 은인이기도 했으니까.

'힘이……. 상쾌하군.'

한 번 시술을 받은 사람은 예전의 육체로 어떻게 사냐고 말하곤 했다. 그만큼 육체 강화 수술은 강력했다. 수현은 그중에서도 최고급의 수술을 받았으니 더 말할 게 없었다.

뼈와 근육의 내구도와 힘을 강화시키고 혈액량과 자체적인 치유 능력, 신진대사를 올리고, 내장 기관을 강화시켜 가벼운 독에 대한 내성과 소화 능력을 갖게 해준다.

기본적인 오감의 강화는 물론이고. 비용과 시간만 있다면 무조건 하는 게 이익인 수술이었다.

수현은 본능적으로 느끼고 있었다. 초능력의 사용량이 커졌다는 것을. 그릇 자체가 커진 느낌이었다.

'역시 혈액 때문인가? 아니면 다른 게 있는 걸까?'

"자. 이제 적응 훈련실로 가죠."

"그건 안 가도 될 것 같은데……."

"안 됩니다. 인류 최초의 마법사라면 자각을 가져야죠. 확실하게 다 하고 움직여요."

이선화는 가볍게 수현의 등을 두드렸다. 기시감 비슷한 감각이 올라오는 걸 느끼며 수현은 발걸음을 옮겼다.

적응 훈련실.

육체 강화 수술을 받고 나서 필수적으로 거쳐야 하는 재활 공간이었다. 흔히들 무슨 재활훈련이냐고 반발하지만 받지 않고 나간 이들은 곧바로 후회하게 되어 있었다. 달리다가 넘어지는 것처럼 초보적인 균형 실수를 하곤 했으니까.

문제는 이 재활훈련이 한없이 멍청해지는 기분을 주는 훈련이라는 점이었다.

"저기서부터 저기까지. 걷고 나면 오늘 훈련은 끝이에요."

밧줄 하나로 되어 있는 길을 가리키며 이선화는 말했다. 간단히 말해서 외줄 타기였다. 갑작스레 높아진 신체 능력의 균형을 맞추는 훈련.

이선화가 웃는 것을 보며 수현은 고개를 절레절레 흔들었다. 그녀가 무슨 생각을 하는지 뻔히 보였다.

'이런 거 진짜 좋아하신다니까.'

이선화는 뛰어난 군인들이 줄에서 떨어져서 몸개그를 하는 걸 매우 좋아했다.

'죄송하지만 해줄 생각은 없습니다.'

탁!

"……?"

한 바퀴 뛰어서 줄 위로 착지. 훈련받지 않은 사람은 불가능한 묘기였지만 육체 강화 수술에 적응하고 나면 충분히 가능했다. 문제는 수현은 방금 수술이 끝난 사람이라는 것이었다.

"어떻게?!"

"마법사잖아요."

"말도 안 되는 소리!"

이건 마법사와는 전혀 상관이 없는 일이었다. 선천적인 몸의 감각과 관련된 일 아닌가. 오히려 초능력자 같은 경우 육체를 쓰는 일이 적어 이런 것에 적응이 더 오래 걸리곤 했다.

"염동력 쓴 거 아니죠?"

"제가 설마 재활훈련 하기 싫어서 염동력을 쓰겠습니까."

"그렇긴 하네요. 의심해서 미안해요."

수현은 차례차례 최고 기록으로 재활 훈련을 깨나갔다. 이선화는 점점 질린 표정으로 변하더니 말했다.

"나가도 되니까 이제 그만해도 되요."

"감사합니다."

"그래도 3일은 있어요. 이상 반응이 있나 확인해야 하니까."

"예."

등을 돌리고 나가려는 이선화의 뒤에 수현은 질문을 던졌다.

"저기……."

"……?"

"혹시 연구소 안을 돌아다녀도 됩니까?"

"연구소 안이요? 볼 거 없을 텐데?"

"볼 게 없다니요. 여기만큼 첨단 기술의 보고도 없잖습니까."

"젊은 사람이 벌써부터 그렇게 아부를 잘하면 안 돼요."

이선화는 웃으면서 말했다.

"돌아다녀도 상관은 없어요. 수현 씨가 외부인도 아니고, 다 허락받고 들어온 사람이니까. 대신 함부로 건드리지 말고……. 아, 그냥 안내해 줄 사람을 붙여주는 게 낫겠네요. 지은이를 부를 테니 잠시 기다려요."

'됐다!'

역시 최지은도 여기서 일하고 있었다. 시간으로 봤을 때 슬슬 지구에서 카메론으로 와 연구하고 있지 않을까 싶었다.

그녀만큼 뛰어난 인재도 드물었으니까.

"지은이요?"

"아 참. 수현 씨는 모르죠? 나이가 들면 자꾸 자기 기준으로 말하게 돼서……. 내 딸이에요. 여기서 같이 연구하고 있죠."

"선생님 따님이시면 그분도 분명 생체공학 쪽에 조예가 깊겠군요."

"아부는 그만하라니까. 그리고 그 애는……. 따지고 보면 초능력 분석학 전공이라서요. 수현 씨를 보면 좋아할지도 모르겠네요."

최지은의 성격을 아는 수현에게는 웃어넘길 수 없는 말이었다. 그녀는 좋은 의미로든 나쁜 의미로든 타고난 학자였다. 무언가 알기 위해서라면 물불을 가리지 않았던 것이다. 평소에 냉정하던 모습에서는 상상할 수 없는 모습이었다.

"응. 잠깐 멈추고 적응 훈련실로 와. 너도 마법사 만나보고 싶어 했잖아?"

이선화가 호출하고 나서 얼마 지나지 않아, 적응 훈련실의 문이 열렸다. 거기에 서 있는 건 긴 검은 머리카락을 아무렇게나 뒤로 넘긴 차가운 인상의 미녀였다.

흰 가운을 입고 있었지만 슬렌더한 체형은 그마저도 잘 어울리게 만들었다.

수현은 무심코 달려들어서 껴안고 싶은 걸 참아냈다. 과거의 인물들은 모두 다 반가웠지만 그녀는 그중에서도 특별했다.

"……안녕하세요."

"그래. 여기는 이번에 마법사로 각성한 김수현 씨. 며칠 정도 재활훈련 해야 하는데, 시설을 구경하고 싶으시다네. 이상한 거 건드리지 않게 네가 안내 좀 해줘. 겸사겸사 물어보고 싶은 거 있으면 물어보고."

"네."

이선화는 그러고서 가버렸다. 둘만 남자 최지은은 수현을 쳐다보며 물었다.

"뭐가 궁금하세요?"

"아……. 혹시 더 조용한 곳으로 갈 수 있을까요? 단둘이 이야기할 수 있을 곳 정도로."

최지은의 표정이 변하는 걸 보며, 수현은 그가 말실수를 했다는 걸 깨달았다. 안 그래도 날카로운 눈매가 더욱 날카로워진 것이다.

"작업이라면 사양입니다. 밖에 나가면 좋다는 사람 많을 테니 알아서 고르세요."

"아니, 그게 아니라……. 할 말이 있어서 그렇습니다."

"무슨 할 말이요?"

"여기서 하기는 조금 그런 이야기라……."

"……."

최지은은 수현의 진심을 파악하려는 것처럼 눈을 깜박였다. 수현이 진지하게 부탁하는 표정을 짓자 그녀는 한숨을 쉬더니 어깨를 으쓱거렸다.

"이상한 짓 하면 사람 부를 겁니다. 마법사라고 뭐든지 다 해도 되는 게 아니라는 건 알고 있으리라 믿어요."

"물론입니다."

"따라오세요."

도착한 곳이 어디인지 수현은 금세 깨달을 수 있었다. 그녀의 연구실이었다. 놓여 있는 기물들의 배치가 딱 그녀의 성격을 닮아 있었다. 최지은은 말없이 원형 의자를 가리켰다.

"커피? 녹차?"

"아. 제가 타겠습니다. 이렇게 시간을 내주셨는데."

"……."

수현은 인스턴트 커피를 만들고 안에 각설탕 네 개를 넣었다. 그걸 본 최지은의 눈썹이 올라갔다.

'내 취향을 어떻게 알고 있는 거지?'

"그래서 하실 이야기가 뭐죠?"

"음. 긴 이야기가 될 텐데, 진지하게 끝까지 들어주세요."

"……내용에 따라서 다르겠죠."

“저는 미래에서 왔습니다.”

“…….”

“끝까지 들어달라니까!”

바로 뒤의 버튼을 누르려고 하는 그녀의 손을 잡으며 수현은 다급하게 외쳤다.

“이럴 때를 대비해서 네가 말하라고 한 것도 있었다고!”

“……?”

수현은 그녀의 귓가에 대고 작게 속삭였다. 그걸 들은 최지은의 표정이 돌변했다.

“어, 어떻게……?”

친구 이상 연인 미만. 수현과 최지은의 관계를 어떻게든 요약한다면 그랬다. 둘은 연인처럼 서로를 아꼈고 좋아했지만 둘 다 본격적인 연애를 하기에는 일을 너무 사랑했다.

둘 다 그런 점에 불만을 가지지는 않았다. 서로 좋아하는 일 때문에 서로가 더 긴밀해지면 긴밀해졌지 소원해지지는 않았기 때문이다.

어느 날, 평소처럼 몸을 섞고 침대에 누워서 이야기를 나누는데 최지은이 말했다. 언제나 둘의 이야기는 하다 보면 초능력과 몬스터로 흘러갔다.

―순간이동 능력자는 희소하지만 간간이 보이는데, 시간 계열 능력자는 보이지를 않네. 슬슬 나올 법도 한데.

―시간? 그걸 다루는 초능력이 가능해?

―시간과 공간은 엄밀히 말하자면 하나의 개념이야.

―잘 모르겠는데. 그리고 그런 계열의 초능력이면 발동시키기 전에 사람이 죽지 않을까?

강한 초능력이라고 무조건 좋은 건 아니었다. 그만큼 사람의 체력을 소모했다. 수현의 염동력은 수현의 총량이 늘어나서 사용이 가능한 거였지, 총량이 작았다면 한 번 사용할 때마다 전신에서 피를 토했을지도 몰랐다.

―그렇기는 해. 그래도 언제나 예외는 나오잖아? 초능력이 아니라 아티팩트일수도 있고.

―시간을 다루는 아티팩트라……. 그거 잘못 건드렸다가 미아가 되어 버리는 거 아냐? 수천 년 전 과거로 간다든가.

―그 정도 전으로 돌리는 거라면 가정이라도 불가능할 것 같은데. 아무리 크게 잡아도 몇 년에서 몇십 년 전 아닐까?

―이봐. 난 모레부터 또 애들 이끌고 유적지 돌아야 한다고. 그렇게 겁을 주면 무서워서 아티팩트 발동도 못 시키겠다.

―미안. 말은 이렇게 했지만 시간 관련 아티팩트가 그렇게

쉽게 보이지는 않을 거야. 그리고 과거로 돌아가는 것도 나쁘지는 않잖아?

—나는 싫은데. 했던 일을 다시 해야 한다니. 게다가 인간관계도 다시 쌓아야 하잖아.

—내가 너를 잊을까 봐 그래?

—아니거든.

—맞는 거 같은데? 걱정 마. 나는 너를 잊지 않을 테니까. 방법도 있어.

—?

—예전부터 나는 시간여행에 관심이 많았거든. 그래서 아주 어렸을 때 하나 결심을 한 게 있어. 어느 날 나한테 'XXXXX'라고 말하면, 그 사람은 미래에서 온 거야. 알겠지? 만약 네가 아티팩트를 잘못 건드려서 내가 널 모르는 과거로 가면, 저걸 나한테 그대로 말해. 나는 분명 믿을 테니까.

—뭐야. 그게. 너무 허무맹랑하잖아.

—이런 건 로맨틱하다고 하는 거야. 바보야.

농담처럼 말해뒀던 게 이렇게 쓰이리라고는 수현도 상상하지 못했었다. 최지은은 한동안 충격에서 벗어나지 못하다가 고개를 끄덕이며 손짓했다. 계속 말하라는 뜻이었다.

수현은 간략하게 있었던 일들을 말하기 시작했다. 설명하지 않아도 되는 건 넘어가고, 설명해야 할 것들은 설명했다.

과거에 둘이 어떤 관계였고, 수현이 어떤 사고를 겪었고, 어떻게 과거로 돌아오게 되었는지.

"……믿을 수밖에 없어. 아무리 생각해도."

"못 믿겠으면 다른 걸 말해줄 수도 있어."

"뭘?"

"네가 12살 때 성적표를 바꿔치기한 거나, 17살 때 이선화 박사님이 아끼는 화분을 깨 먹고 몰래 숨긴 거나……. 다른 거로 넘어가면, 네 등에 난 점 모양이나, 네가 좋아하는……."

"그만, 그만해!"

더 내버려 뒀다가는 그녀는 알지도 못하는 침대 위 사정까지 나올 것 같았다. 최지은은 얼굴이 새빨개져서 손을 흔들었다.

"그러면 믿는 거지?"

"믿는 건 처음에 말했을 때부터 믿었어! 아, 진짜……."

갑자기 머리가 지끈거려오는 것 같았다. 최지은은 머리를 매만지며 신음 소리를 냈다. 수현은 그녀의 어깨를 잡으며 괜찮냐고 물었다.

그 동작이 너무 자연스러워 최지은은 새삼스레 놀랐다. 미래의 자신과 얼마나 오랫동안 같이 지냈으면 저런 동작이 바로 나온단 말인가.

'확실히 겉모습은 내 취향이긴 한데……!'

최지은은 새삼스레 수현을 위아래로 훑어보았다. 인류 최초의 마법사라는 소식을 들었을 때 관심을 갖고 자료를 보기는 했지만 그녀 자신과 이렇게 엮이게 될 거라고는 상상도 하지 못했다.

"손 치워."

"아. 미안."

"아니, 미안할 것까지는 없……. 그래서!"

생각해 보니 수현에게는 잘못이 없었다. 미래에서 수현과 친밀하게 지낸 건 그녀 본인 아닌가. 갑자기 미안해져서 최지은은 서둘러서 말을 돌렸다.

"이걸 나한테 말하는 이유가 뭔데?"

"그야 네 도움이 필요하니까 그렇지."

"……."

"너하고 약속하기도 했고."

"……윽."

최지은은 괜히 다시 부끄러워졌다.

"그, 배신을 당했다는 거 말이야……. 나는 믿을 수 있는 거 맞아? 넌 누가 배신했는지 모르잖아."

"아. 넌 확실히 아냐."

조금의 의심도 실리지 않은 수현의 목소리에 최지은은 속으로 살짝 놀랐다. 이야기한 것만 들었을 때는 매우 조심스러운 성격 같았는데 그 정도로 그녀를 믿었단 말인가?

"너도 죽었거든."

"뭐?!"

"사고사로 처리되기는 했지만 고의겠지. 내 생각에는 아마도 내 뒤통수를 친 놈이 같이 처리한 게 아닐까 싶어. 네가 살아 있었다면 무조건 나를 도왔을 테니까."

"……."

최지은은 긴 머리카락을 꼬며 생각에 잠겼다. 받아들이기는 힘들었지만 받아들일 수밖에 없는 이야기였다.

"좋아. 도와줄게. 하지만 몇 가지 규칙을 만들자."

"무슨?"

"미래의 나는 몰라도 지금의 나는 네 애, 애인이 아니야. 그러니까 아까처럼 친근하게 접근하지는 마. 알겠어?"

"알겠어. 명심하지."

"그리고 또……. 내가 널 도와주는 대신, 내 안전은 책임져줘."

미래에 그녀가 사고사로 처리당했다는 사실은 먼 이야기였지만 끔찍하게 느껴졌다. 수현은 담담하게 고개를 끄덕였다.

“그건 네가 말하지 않아도 그럴 생각이었어.”

“또! 그러지 말라니까!”

“아니, 내가 뭘…….”

수현은 억울하다는 듯이 반문했다. 이건 그다지 애인처럼 대한 것도 아니지 않은가.

“그러면 하던 이야기로 돌아오자. 누가 널 배신했는지 짐작 가는 사람이 있어?”

“용의자야 넘치지. 행성관리부 측 담당, 위로 올라가면 군 소장, 그 외에 민간 쪽 회사도 있고……. 중국 쪽 병력은 무조건 포함이야. 그놈들이 안 꼈을 리가 없어. 흑표대 소속이 분명해.”

“어떻게 찾으려고? 증거가 하나도 없을 텐데.”

“괜찮아. 증거는 없어도 돼.”

“……?”

“용의자를 모조리 죽여 버리면 그중에 하나는 범인이겠지.”

“……!”

농담 같은 말이었지만 전혀 농담으로 들리지 않았다.

“농담이지?”

“글쎄?”

"……그건 네가 알아서 할 일이겠지. 나는 내가 줄 수 있는 도움만 줄 거야. 먼저, 앞으로의 계획을 말하기 전에 한 가지 궁금한 게 있는데."

"뭐든지 물어봐."

"너, 과거로 돌아온 것에 대해 뭔가 이상한 점 없어?"

"……?"

수현은 그녀가 무슨 소리를 하는지 한 번에 알아듣지 못했다.

"어떻게 과거로 돌아왔는지, 거기에 대해서 잡히는 게 없냐는 뜻이야."

"그거야……."

그러고 보니 과거로 돌아와서 그 이유에 대해 고민해 본 적은 없었다. 언제나 앞으로의 일만 생각하고 움직였기에 그가 왜 과거로 돌아왔는지는 신경 쓸 이유가 없었던 것이다.

"과거로 돌아오기 전에 뭐 특별한 거라도 갖고 있었어?"

"아티팩트를 말하는 건가? 아니. 그런 건 갖고 있지 않았어."

"확실해? 네가 놓치고 넘어간 걸 수도 있어."

"확실해. 그런 걸 착각하지는 않아."

아티팩트를 놓치고 넘어갈 정도로 수현은 멍청하지 않았다. 수현이 확고하게 대답하자 최지은은 천천히 고개를 끄덕이며 말했다.

"그러면 정답은 하나뿐이네."

"무슨 뜻이지?"

"네가 시간을 되돌린 게 분명해."

최지은이 무슨 소리를 했는지 깨닫기까지는 조금 시간이 걸렸다. 그가 시간을 되돌렸다니. 수현은 어이가 없다는 투로 물었다.

"내가 시간을 되돌렸다고?"

"나도 솔직히 완전히 믿기지는 않아. 하지만 다른 이유는 없으니까……. 불가능한 이유를 다 걸렀을 때 남는 게 있다면 그게 아무리 허무맹랑하게 들려도 정답이야."

"아무리 그래도 시간을 되돌린다니, 그게 가능한……."

"하나씩 짚어보자."

최지은은 희고 긴 손가락을 피며 말했다.

"돌아오고 나서 뭔가 달라진 점은 없었어?"

"……!"

있었다. 염동력의 강화.

"기존에 있던 초능력의 위력이 강화됐어."

"……그런데도 아무런 의심을 하지 않았어?"

"할 일이 많았다고. 해야 할 일에만 집중해도 시간이 모자랐는데 왜 내가 공짜로 주어진 떡을 의심하겠어."

"네가 돌아오기 전에 마법사로 각성해서 시간을 돌리는 초능력을 얻고, 동시에 시간을 되돌렸다면……. 그 염동력의 강화도 설명이 돼. 어떻게 생각해?"

최지은의 말을 듣던 수현은 문득 생각나는 게 있었다. 대마도사 러벤펠트의 마도서. 거기에 있던 목소리는 분명 이렇게 말했었다.

"첫 번째로, 나는 너의 재질을 시험했다. 선천적인 능력이 없다면 여기에 오지 못했을 터."

수현은 당연히 스스로를 마법사로 여기지 않았기에 그 선천적인 능력을 초능력이라고 생각했다. 하지만 그게 마법사를 의미하는 것이었다면?

생각해 보니 무언가를 먹는다고 해서 초능력을 각성한다는 것 자체가 신기한 일이었다. 같은 조건을 겪어도 초능력자로 각성할 자질을 가진 사람은 각성하지만 아닌 사람은 각성하지 못했다.

그걸 마법사의 개념으로 본다면? 원래 마법사인 사람이면 모를까, 초능력자가 일정한 조건을 충족시킨다고 바로바로 마법을 얻게 되는 건 지금 와서 보니 회의적이었다. 아무리 러벤펠트의 능력이 뛰어나다고 하더라도.

"내가 이미 마법사였다고?"

"확실하지는 않지만 나는 그렇게 생각해. 그렇지 않으면 네가 과거로 돌아온 게 설명되지 않잖아."

"시간을 되돌리는 초능력이라니. 상상도 해본 적 없는데."

"강력한 초능력을 쓸 때 큰 대가가 필요한 것처럼, 그것도 마찬가지 아닐까. 다만 과거로 돌아오면 그것도 모두 사라지니까 네가 무사할 수 있는 거고. 나도 잘 모르겠어. 시간 관련된 초능력은 한 번도 보고된 적이 없거든. 어떤 식으로 발동되는지, 어떤 식의 대가가 필요한지……. 네가 자각하지 못한다면 측정하는 게 불가능해."

시간을 되돌리다니. 이건 인간의 초능력을 벗어난 위업이었다. 예전에 최지은과 시간을 되돌리는 것에 관해 이야기한 적이 있었지만 정작 자신에게 그런 능력이 있을 거라고는 상상도 해본 적이 없었다.

수현은 주먹을 움켜쥐었다 폈다. 시간을 되돌리는 능력. 물론 상상을 초월하는 무기이긴 했다. 러벤펠트의 마도서에도 그런 마법은 없었다. 그러나 뿌듯함보다는 걱정이 앞섰다. 이 초능력은 그가 의지대로 다룰 수 있는 초능력이 아니었기 때문이었다.

'덕분에 과거로 돌아오기는 했는데, 이건 진짜…….'

거의 시한폭탄 아닌가. 어떻게 발동시키는지 모르는 초능력이라니.

"가능하면 빨리 그걸 다룰 수 있도록 연습하라고 말하고 싶지만, 기존의 초능력과 워낙 다른 초능력이라 그렇게 말하기도 조심스러워. 괜히 잘못 발동했다가 시공간의 미아라도 되어버리면 큰일 나니까."

"그렇지."

수현은 고개를 끄덕였다. 그래도 모르는 것보다는 알고 있는 게 나았다. 최지은과의 대화에서 벌써 얻은 게 많았다. 역시 그녀에게 접촉해서 털어놓은 건 올바른 선택이었다.

"초능력 이야기는 여기까지만 하고. 앞으로의 계획 말인데. 뭘 어떻게 할 거야?"

"사실 절반쯤은 벌써 이뤘어. 이 정도 위치면 예전과는 달리 함부로 건드리지도 못할 테니까."

그림자 속에서, 비밀리에 움직이는 신분은 버려지기도 쉬웠다. 그걸 알고 있었기에 수현은 이번 생에서 최대한 공적으로 입지를 쌓으려고 했다. 그리고 이제 수현은 절대로 버림패로 쓸 수 있는 사람이 아니었다.

"이제 남은 놈들을 찾아서 전력을 보강하고, 용의자들을 하나씩 처리해나가야지.”

“남은 놈들?”

“예전의 내 부하들. 다른 놈들은 몰라도 문사연, 곽현태, 구중철 이 셋은 데리고 올 거야. 나와 처음부터 동고동락한 놈들이니까. 남 좋은 일은 시켜줄 수 없지.”

“어디 있는지 알아?”

“구중철은 모르겠고, 곽현태나 문사연은 아마 군 내에 있을 거야. 군에서 특수부대가 조직될 때 차출될 테니까.”

“문사연은 여자?”

“뭐야, 질투하는 거야?”

“애인처럼 대하지 말라고 말했지.”

“아. 미안. 자꾸 예전처럼 대하게 되네. 익숙해서.”

최지은은 슬며시 물었다.

“……미래의 내가 질투가 심했어?”

“아니, 질투는 안 심했는데, 예전에 사연이가 술 먹고 나한테 달라붙었을 때 네가 총으로 쏘려고 한 적이 있었거든.”

‘그게 질투가 심한 거잖아!’

최지은은 속으로 외쳤다. 하지도 않았는데 부끄러움으로 얼굴이 달아오르는 기분이었다. 더 슬픈 것은 부정할 수가 없다는 점이었다. 그녀라면 정말로 했을 것 같았다.

수현은 섬뜩한 이야기를 해놓고서도 아무렇지도 않았다.

정말로 추억을 이야기하는 표정이었다.

"육체 강화 수술도 여기서 받았으니 주기적으로 찾아올 이유는 충분해. 일단 나와 친한 티는 최대한 내지 마. 그게 가장 안전한 방법일 테니까."

"알고 있어."

"그러면 오늘 이야기해 줘서 고마웠어. 오랜만에 네 얼굴 보니까 좋았고."

애인처럼 대하지 말하라고 말하려다 최지은은 꾹 참았다. 수현이 나쁜 의도로 말한 게 아니라는 걸 알고 있었기 때문이었다.

"……초능력은 지속적으로 확인하고, 무언가 확인할 게 필요하면 들고 와. 그리고, 시간을 돌리는 초능력은……."

"알고 있어. 최대한 조심스럽게 행동할게. 농담이라도 시간을 되돌리고 싶다는 말은 하지 않을 테니까."

"그것도 그거지만, 내가 하려는 이야기는 다른 이야기야."

"……?"

"화염 계열 초능력이라도 어떤 사람은 형태가 고정되어 있고, 어떤 사람은 형태가 고정되어 있지 않잖아? 가끔 변화하고 성장하기도 하고."

"그렇지."

수현의 염동력도 그런 계열이었다. 수현처럼 제한 없는 염동력은 보기 드물었다. 보통 형태가 정해진 모습으로 나타났던 것이다.

"네 초능력은 시간을 되돌리는 게 아니라, 시간 자체를 다루는 걸 수도 있어. 그러니까, 연습을 해보려면 한 번 시간을 멈추려고 해봐. 의식적으로. 시간 자체를 다룰 수 있다면 이게 더 안전할 거야."

"시간을 멈춘다고……?"

"이미 한 번 시간을 되돌린 사람이 뭘 황당해하는 거야? 뭐든 해봐. 해서 손해 볼 건 없잖아."

"그렇긴 하지."

수현은 피식 웃으며 고개를 끄덕였다. 그때 문을 열고 이선화가 들어왔다.

"뭐야. 견학은 다 시켜줬어?"

"네. 최지은 씨 덕분에 시간 낭비하지 않고 볼 수 있었습니다."

"잘됐네요. 지은이가 잘할 수 있나 걱정됐는데."

"……그다지 어려운 것도 아니잖아요."

이선화가 들어오자마자 수현은 바로 태도를 바꿨다. 아까까지의 친근한 태도가 아닌 공적인 태도로. 최지은은 거기서 살짝 서운함을 느낀 자신에게 놀랐다.

"다 했으면 잠깐 오세요. 간단한 검사만 하고 오늘은 여기서 끝낼 테니까."

"예."

수현이 연구소 밖으로 나선 것은 그 후로 며칠이 지나고 나서였다. 그동안 수현은 최지은의 도움을 받아 재활 훈련을 빙자한 초능력 훈련에 매진했다. 옆에서 이선화가 농담을 할 정도로 둘은 붙어 있었다.

시간을 다루는 초능력에 대해서는 진전이 없었지만 최지은과의 대화에서 수현은 어느 정도 가닥을 잡을 수 있었다.

"팀장님!"

"잘들 지냈나?"

"잡혀가신 거 아니었죠?"

"그게 무슨 소리야?"

"김창식 저 자식이 팀장님 혼자 연구소로 간 게 불길하다고 자꾸 헛소리를……."

"……풀어두니 많이 심심했나 보군."

시술을 받는 동안 같이 있어 봤자 별 의미가 없으니 일찍 돌려보냈는데 그새 저런 망상을 하고 있었다니. 옆에서 있던 김창식이 '힉' 하고 소리를 냈다. 수현이 저런 소리를 하면 그

다음에는 보통 혹독한 훈련이 따라왔다.

"수술은 괜찮으셨습니까?"

"최고의 전문가가 해줬는데 문제 될 게 있겠어?"

"저……."

서강석은 잠시 말끝을 흐리며 머뭇거렸다. 그 같은 사람이 머뭇거리는 건 보기 드문 일이었다. 수현은 발걸음을 멈추고 고개를 돌렸다.

"뭐야. 무슨 일이라도 있나?"

"……예."

"……?"

수현은 슬슬 불안해지기 시작했다. 김창식이 이런 태도를 보였다면 웃으면서 한 대 칠 준비를 한 다음 말하라고 했겠지만, 서강석이 이런 태도를 보일 정도면 보통 사고를 친 게 아닌 것 같았다.

'이 사람이 사고를 칠 사람이 아닌데?'

"뭔데? 시간 끌지 말고 말해봐."

"그…… 좋은 소식하고, 나쁜 소식이 있습니다만."

"점점…… 그래. 좋은 소식부터 들어보자."

"제가 초능력자로 각성했습니다."

"뭐?! 진짜?!"

수현은 서강석의 어깨를 붙잡고 기뻐했다. 안 그래도 엉클 조 컴퍼니의 인원들의 초능력 각성이 늦어져서 살짝 고민이 많았는데.

'역시 확실히 각성이 보장된 인물은 각성하는구나!'

"어떤 초능력이지?"

이미 답은 알고 있었다. 독과 관련된 초능력.

서강석은 솥뚜껑만 한 손을 쥐었다 피었다. 그러자 그 끝에 짙은 초록색이 맺히기 시작했다.

"합성독인가?"

"네. 체내에 어느 정도 저장할 수도 있고……."

기존의 독을 섞어서 새로운 독을 만들고, 독을 몸 안에 저장할 수 있는 초능력. 수현의 독공처럼 자유자재로 다룰 수 있는 건 아니지만 이것도 충분히 뛰어난 초능력이었다.

'이런 능력이었군.'

이 정도만 되어도 일반적인 적을 상대할 때에는 부족함이 없었다. 독은 그만큼 강력한 무기였다. 특히 독에 관한 이해와 지식이 수반되었을 때에는 더더욱.

서강석은 그런 면에서 완벽한 인재였다.

"이게 좋은 소식이면 나쁜 소식은 뭔데?"

"팀장님께서 주신 것 있잖습니까."

"내가 뭘 줬지?"

"……그 해독 작용을 하는……."

"아아. 인면지주."

초능력을 흡수하는 투명한 보옥에 비해 인면지주의 돌은 수현에게 그다지 흥미가 가는 물건이 아니었다. 그건 수현이 가진 능력의 하위호환에 불과했으니까. 독공이 있는데 그걸 탐낼 이유가 없었다.

"그게 왜?"

"그게…… 사라졌습니다."

"……??"

서강석이 물건을 흘리고 다니는 사람은 아니었다. 수현은 곧 사정을 들을 수 있었다. 역시 분실하거나 도난당한 게 아니었다.

"몸속으로 들어갔다고?"

"일부러 한 게 아닙니다!"

"아니, 이 인간이……. 누가 뭐라고 했어? 그거 하나 잃어버려도 상관없어. 긴장 풀어."

부호들에게 넘기면 가격이 얼마나 나올지 모르는 보물이 사라졌는데 태연하게 괜찮다고 말하는 수현을 보고 서강석은 적잖게 감동했다. 이런 사람이란 걸 알고 있었지만 느낄

때마다 감회가 새로웠다.

"딸애한테 찾아갔는데, 그 애가 신기했는지 손으로 붙잡았습니다. 그러고 나니 순식간에……."

"사라졌다?"

"네."

"흐음……."

"반드시 갚겠습니다! 얼마가 걸릴지는 모르겠지만……."

"아니, 그건 됐고. 그래서 딸 상태는? 뭔가 달라졌나?"

질문을 들은 서강석의 표정이 환해졌다. 수현은 뭔가 달라졌음을 짐작했다.

"상태가 엄청나게 호전되었습니다. 의사가 놀랄 정도로."

"잠깐만. 그렇다면 혹시……."

수현은 미심쩍은 눈길로 서강석을 쳐다보았다. 그는 사냥꾼 가문으로 독을 달고 사는 남자였다. 몸에 독이 쌓이지 않을 수가 없었다. 만약 그런 체질이 유전되어서 딸에게 그대로 전해졌다면…….

'선천적인 중독 증상이면 그냥 내가 가서 독공으로 치료해줘도 되는 거 아니었나?'

"예?"

"아무것도 아니야. 의사가 놀랄 정도라니. 어느 정도지?"

"곧 퇴원해도 된다고……."

"그거 말고는 별다른 건 없나?"

"없습니다만?"

"그러면 나쁜 소식이 아니잖아!"

"죄송합니다!"

수현은 서강석의 다리를 걷어찼다. 마음을 졸인 것이 바보 같이 느껴졌다. 넘어져서 바닥을 구른 서강석은 즉시 자세를 바로잡았다.

"난 또 실수로 사람이라도 하나 죽인 줄 알았네."

"그, 그럴 리가……."

"앞으로 뭐가 나쁜 소식인지 생각하고 말하라고. 딸 퇴원 축하해. 앞으로도 병원은 계속 다닐 생각인가?"

"예? 그럴 생각입니다만."

"건강이 좋아진 건 다행이지만 아무래도 미지의 물질을 몸속에 넣은 건 살짝 불안하군. 내가 아는 사람이 있으니 소개시켜 주지. 이쪽 계열의 전문가야. 정부 소속 연구소에서 일하고 있지."

"오오……!"

서강석은 눈물을 글썽거리며 수현의 손을 잡으려 들었다. 그 덩치에 어울리지 않는 표정을 본 수현은 질색하며 그를 밀어냈다.

"그만 짜고. 앞으로 일로 갚아. 초능력을 각성했으면 더욱 더 할 일이 많아질 테니까.”

“예!”

서강석은 수현 덕분에 고민이 말끔히 사라진 얼굴이었지만, 수현은 서강석 때문에 고민이 하나 더 생겨버렸다.

‘아티팩트가……. 인체와 융합할 수 있나?’

이건 처음 보는 현상이었다.

현재 학계의 정설에 따르면, 이종족들이 만든 아티팩트는 이종족 초능력자의 육체에서 추출했을 가능성이 높았다.

그렇게 본다면 인면지주의 돌도 일종의 아티팩트였다. 몬스터의 사체에서 추출된 핵. 거기에 특수한 능력까지 가졌으니까.

안 그래도 스스로가 눈치도 못 챈 사이에 시간을 다루는 능력을 갖고 있었다는 것 때문에 골치가 아팠는데, 새로운 현상이 또 일어나니 두 배로 아파오는 느낌이었다.

‘아. 젠장. 최지은한테 넘겨야지.’

언제나 골치 아픈 건 연구자한테 넘겨야 편했다. 예전에도 그랬듯이.

“수현아, 지금 시간 있냐?”

“무슨 일인지 들어보고요. 뭡니까?”

“네가 저번에 부탁해서 소개시켜 준 사람 있잖아. 이승수.”

"아……. 그 양반이 왜요?"

"찾아와서 너를 꼭 보고 싶다고 부탁하던데."

"……?"

이승수. 케바스왁의 오크들을 상대로 거래하기 위해 접촉한 상인이었다.

'뭐지?'

만약 마법사로 각성했다는 소식을 듣고 뭐라도 고물이 떨어지지 않을까 찾아온 거라면 당장 쫓아낼 생각으로, 수현은 안으로 들어갔다.

"죄송합니다!"

그러나 안에 들어가서 마주한 건 예상을 벗어난 모습이었다. 이승수는 바닥에 엎드려서 바짝 이마를 붙이고 있었다.

"오늘은 사과를 받는 날인가?"

"네?"

"1분 줄 테니 무슨 짓을 했는지 빠르게, 간단하게, 요약해서 말하세요. 시작!"

"어……."

"1, 2, 3, 4……."

"말하겠습니다!"

수현과 함께 일한 이후, 이승수는 그 오크들이 대체 무엇을 갖고 있는지 호기심을 떨쳐내지 못했다. 모고크가 떠나고 남은 오크들에게 접촉해 알아내는 건 쉬운 일이었다.

붉은돼지버섯. 현재 가격이 천정부지로 뛰고 있는, 생산지만 확보하면 돈을 갈퀴로 긁어모을 수 있는 물건. 이승수는 당연히 오크들에게 제안했다. 수현보다 더 값을 쳐줄 테니 그에게 물건을 팔라고.

이미 기존 물량을 모조리 수현에게 넘겼던 오크들은 이후 자랄 버섯들을 미리 선물거래로 계약했다. 수현은 그들에게 이후 거래는 알아서 다른 놈들과 하라고 했기에 그들은 별로 망설이지 않았다.

거래 상대를 뺏어오는 건 카메론에서 비일비재한 일이었다. 특히 상대가 만만할 경우에는 더욱.

그러나 돌아온 그에게 들려온 건 인류 최초의 마법사가 나타났다는 소식이었다. 재수가 없어도 이렇게 없을 수가 없었다.

마음만 먹는다면 정부의 힘을 빌려서 그의 목을 조르는 건 숨 쉬는 것보다 쉬울 것이다.

이승수는 가만히 있다가 나중에 두들겨 맞는 것보다는 차라리 지금 빌어서 정면돌파하는 것을 선택했다.

"이렇게 빌 거까지 있나? 거래 상대 뺏을 수도 있지."

수현은 어차피 붉은돼지버섯의 가격이 곧 있으면 폭락할 거라는 걸 알고 있었다. 선물거래를 한 이승수가 멍청해 보일 뿐, 별다른 감정은 없었다. 그러나 이승수에게는 전혀 다르게 들렸다.

"정말로 잘못했고 진심으로 후회하고 있습니다. 제발 한 번만 기회를!"

"아니, 뭐 내가 죽인다고 협박한 것도 아니고. 일단 일어나시죠."

수현은 손가락 하나로 이승수를 일으켰다. 지금 신경 써야 할 게 한둘이 아닌데 이런 상인 하나에게 시간 낭비할 생각은 없었다.

"선물을 갖고 왔습니다. 안에 들여놓게 해주시죠!"

"잠깐, 이 사무실 얼마 쓰지도 않는데……."

이승수가 신호하자 밖의 직원들이 물건들을 들고 들어오기 시작했다. 이종족들이 만든 화려한 공예품들이 쌓이기 시작했다.

"진짜 이런 건……."

쿵!

"……?"

"살살 다뤄! 깨지기라도 하면 물어낼 거야?"

"……."

이승수의 호령에 일하던 남자는 묵묵히 고개를 끄덕였다. 이승수는 고개를 돌려 다시 수현을 쳐다보고서 물었다.

"방금 뭐라고 하셨죠?"

"이런 걸로 넘어갈 수 있다고 생각하셨습니까?"

"네?!"

카메론이 좁다지만 찾으려던 인물을 여기서 만날 줄은 몰랐다. 수현이 갑자기 말을 바꾼 건 이승수 밑에서 일하고 있는 직원의 얼굴을 봤기 때문이었다.

'구중철이잖아?!'

구중철. '철완'이라는 별명이 붙을 정도로 뛰어난 전투원이었지만 그 본질은 약간 모자라고 순진한 인간이었다. 군에 들어오기 전에는 크게 빚을 져서 일을 했다고 했는데 수현은 굳이 무슨 일인지 묻지 않았었다.

'여기서 일하고 있었나? 보증을 잘못 섰다더니…….'

보아하니 피차 능력을 모르고 있는 것 같았다. 수현은 고개를 절레절레 저었다. 과거에도 구중철은 그가 알려주기 전까지 그가 초능력자라는 걸 알지 못했었다. 선천적인 초능력자치고 매우 드문 케이스였다.

"저놈을요?"

"힘 좀 쓰는 짐꾼이 필요해서 말입니다."

"저놈은 빚이 좀 많은데……."

"얼맙니까?"

"그러니까, 남은 돈이……. 1억2천이네요."

"계좌에 넣었습니다."

"……!"

이승수는 아무렇지도 않게 말하는 수현의 모습에 놀랐다. 그리고 그는 다시 한 번 더 놀라야 했다. 계좌에 들어온 돈은 3천만 원밖에 되지 않았던 것이다.

"저기……. 3천만 원밖에 안 들어와 있는데요?"

"원금이 4천 아니었습니까?"

"그걸 어떻게?"

되묻던 이승수는 아차 하고 정신을 차렸다. 지금 그는 이익을 봐야 할 상황이 아니었다. 상인의 본능이 이럴 때 나오다니.

"어, 그런데 천만 원은 왜……?"

그는 결국 호기심을 이기지 못하고 물었다. 아예 안 주면 모를까 왜 천만 원을 제외하고 준단 말인가. 수현은 표정 하나 변하지 않고 대답했다.

"사장님 목숨값입니다."

"……감사합니다."

이승수는 더 이상 묻지 않고 고개를 깊숙이 숙였다.

“내가 빚을 다 갚아줬다.”

구중철은 눈을 끔뻑거리며 고개를 끄덕였다. 마치 소 같은 모습이었다. 수현은 그 모습을 보자 한숨이 절로 나왔다. 과거에서도 그를 쓸 만하게 만드느라 고생이 많았는데, 이번에도 다시 반복해야 하는 것이다.

“앞으로는 여기서 일하게 될 거야. 궁금한 게 많겠지만, 여기가 어떤 곳인지 설명은 나중에 다른 놈들한테 듣고. 일단은 훈련부터 시작하자. 자각부터 해야지.”

구중철은 화상 자판을 두드리더니 글자를 띄웠다.

-왜?

왜 빚을 갚아줬는지, 왜 그를 데리고 왔는지, 복합적인 질문이었다.

“그야 네가 쓸만한 놈이니까 그렇지.”

“???”

구중철은 고개를 갸웃거렸다. 그가 생각하기에 그는 그다지 쓸만한 사람이 아니었다. 물론 힘이 좋기는 했지만 짐꾼으로 쓰겠다고 빚을 갚아주고 데리고 오는 사람은 없었다.

"그래. 모르겠지. 걱정 마라. 곧 알게 될 테니까."

수현은 주먹에서 소리를 내며 천천히 구중철에게 다가갔다. 그 모습에 구중철은 이유를 알 수 없는 불안함을 느꼈다.

구중철이 철완이라고 불렸던 건 그 특유의 초능력 때문이었다.

강화.

강화 계열의 초능력만큼 사용자의 역량이 갈리는 초능력도 없었다. 구중철의 강화는 주로 내구성을 올리는 데에 집중되어 있었다.

철저하게 수비적인 능력.

그가 마음을 먹고 버티면 천 쪼가리 하나도 강철보다 단단한 방패가 됐다. 그의 능력 덕분에 목숨을 부지할 수 있었던 게 한두 번이 아니었다.

게다가 그 특유의 충성심까지. 불에 뛰어들라고 해도 조금도 망설이지 않고 바로 뛰어들 놈은 많지 않았다.

문제는 그가 그걸 자각하지 못하고 있다는 것이었다.

'답은 훈련이지.'

"커헉!"

"일어서. 아직 멀었어."

구중철은 비틀거리면서 일어섰다. 갑자기 수현이 왜 이렇게 덤벼드는지 알 수가 없었다.

"뭔가 느낌이 오나?"

"……."

"안 오면 올 때까지 해야지."

"왜, 왜?"

평소에는 말을 하지 않는 구중철이 결국 입을 열었다.

"왜 이러냐고?"

바로 이어지는 끄덕임. 수현은 태연하게 대답했다.

"말했을 텐데. 네가 쓸만해서 데리고 왔다고."

맹렬하게 공격하면서 그렇게 말해봤자 전혀 납득이 되지 않았다. 그러나 수현은 계속 말을 이었다.

"가진 것도 없고, 학력도 좋지 않고, 그나마 있는 건 힘 좀 쓰는 것 정도. 스스로를 그렇게 평가하는 것 같은데."

"……."

"나는 그렇게 생각하지 않아. 넌 재능이 있다. 초능력자로서의 재능이. 그리고 그건 카메론에서 매우 큰 의미가 있지."

"……!"

개처럼 맞고 있는 와중에도 이상하게 가슴이 뛰었다. 그의 능력에 대해 이렇게 한 치의 의심도 없이 확신하는 사람은 처음이었다.

“그, 그, 근데……. 왜…….”

왜 이렇게 두들겨 패냐는 뒷말은 말하지 않아도 알 수 있었다.

to be continued

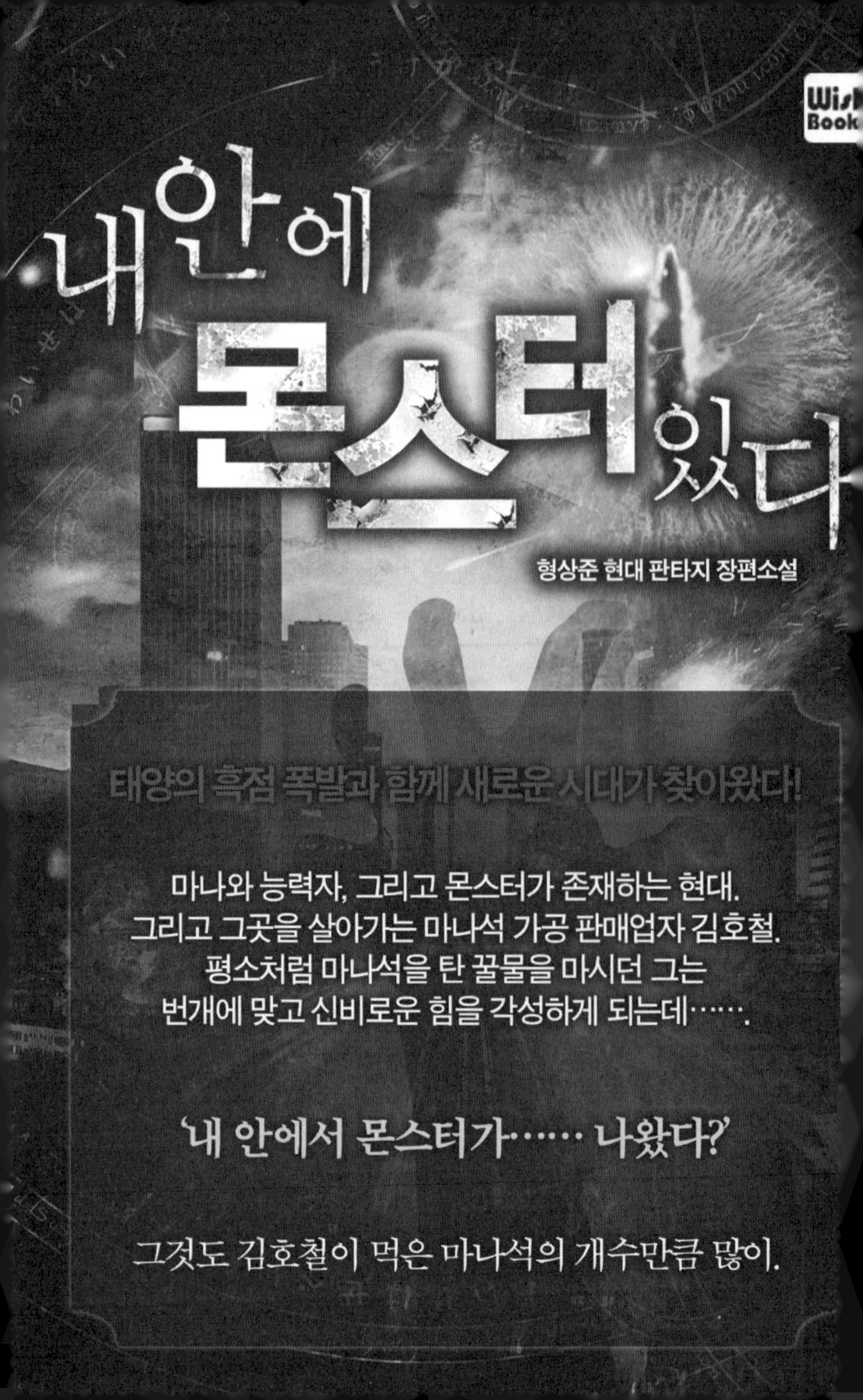
내 안에 몬스터 있다
형상준 현대 판타지 장편소설
태양의 흑점 폭발과 함께 새로운 시대가 찾아왔다!
마나와 능력자, 그리고 몬스터가 존재하는 현대.
그리고 그곳을 살아가는 마나석 가공 판매업자 김호철.
평소처럼 마나석을 탄 꿀물을 마시던 그는
번개에 맞고 신비로운 힘을 각성하게 되는데…….
'내 안에서 몬스터가…… 나왔다?'
그것도 김호철이 먹은 마나석의 개수만큼 많이.